张宇◎著

妩媚行走
Wumei Xingzou

无论是故土明月,
还是大漠日圆,
而行走,
都只为了和你在途中相见。

厦门大学出版社 国家一级出版社
XIAMEN UNIVERSITY PRESS 全国百佳图书出版单位

图书在版编目(CIP)数据

妩媚行走/张宇著. 一厦门:厦门大学出版社,2015.7
ISBN 978-7-5615-5620-7

Ⅰ.①妩… Ⅱ.①张… Ⅲ.①散文-散文集-中国-当代 Ⅳ.①I247.7

中国版本图书馆CIP数据核字(2015)第155755号

责任编辑　王鹭鹏
封面设计　李夏凌
责任校对　卢维滨
责任印制　吴晓平

官方合作网络销售商：

厦门大学出版社出版发行

(地址:厦门市软件园二期望海路39号　邮编:361008)
总　编　办　电　话:0592-2182177　传真:0592-2181253
营销中心电话:0592-2184458　传真:0592-2181365
网址:http://www.xmupress.com
邮箱:xmup @ xmupress.com
厦门集大印刷厂印刷
2015年7月第1版　2015年7月第1次印刷
开本:720×1000　1/16　印张:14.5　插页:2
字数:200千字
定价:35.00元
本书如有印装质量问题请直接寄承印厂调换

序

序
远游无处不销魂
——读张宇的新作《妩媚行走》

厦门女作家张宇著作颇丰，获奖无数，并有巴山蜀水女子柔情侠骨的巾帼之气。风华正茂，事业和创作都处于成熟和鼎盛时期。读她的新作《妩媚行走》，如听她娓娓讲述行走在国内外驰名风景的经历，亲切、轻松、情趣盎然，是难得的艺术享受。

她喜欢旅游，背起行囊，踏破国内外的山水、风光、名胜，精选了其中篇章，于是便有了这本游记散文。一般来说，作品是写给别人看的，但读她的作品，你会强烈地感受到，她的文章首先是写给自己看的。写给别人看的文章，往往总是有点虚饰之嫌，写给自己看的文章，就没有那样的阴影。洋洋洒洒的文字，犹如从心中汩汩流出的清泉，不染纤尘，自然、清冽，细细品去，作者的人格、精神、气质乃至音容笑貌，尽在其中。铅华落去，秉性如春花绽开，韵致天然，才是游记散文创作的真境界，张宇当之无愧。

散文的魅力在于作者独特的发现，游记散文更是

如此。发现的前提是发自心灵的浓厚兴趣,是对自然以及人文风景的倾心之喜爱。读张宇的这本书,人们可以发现,对旅游有着极为浓厚兴趣的张宇,还是一个情感细腻、艺术感受特别敏锐的人。《色达的诱惑》就是其中一篇堪称经典的作品。此文不仅披露和生动地描绘了不少游客难以到达的位于四川藏区世界上最大的佛学院的真实情景,而且从人类心灵终极轮回的特殊视角,对生命的意义和真谛,进行深沉的思考。对景观的独特发现和对人生的独特发现融合在一起,物与神游,让读者不仅见识佛国风光的神奇,而且得到精神上净化和洗礼。发现的魅力在此,游记散文的魅力也在此。有无新的独特的发现,是衡量游记散文的水平的重要标志。

  张宇的幽默风趣特别有意思。她平时就是一个幽默风趣的人。优秀的散文是讲究闲笔的,有了闲笔,作品才有鲜活的灵气。而幽默风趣则往往是闲笔的绝妙运用。《西施故里》写她游览的经历和感受,此文的结尾突然出现了这样的文字:"文章写到最后,还在绍兴诸暨之间兴冲冲往返,原因是了解西施的死因和结局,一史学专家朋友不忍看我纠结,直接告诉我,历史上实无西施其人。这些史学家多么扫兴,顺便几句推敲就把一个传扬了几千年,活色生香、生龙活虎的美女化为乌有。万分沮丧中,没了兴致,灰溜溜地打道回府!"文如其人。好一个天真可爱的张宇哟!现代文化散文的兴起,一是突破原来散文往往局限于写一人一事一景一物的狭小格局,开拓了散文表现的新天地;二是同时也带来了一个常见的弊病,就是盲目地堆砌史料。尤其是游记散文,在某种程度上,变成了新型的风光解说词。读张宇的作品,却没有这样的感觉。原因何在?富有丰富创作尤其是旅游经验的她,特别注重选用别人没有用过的史料,更为重要的选择让自己感动过的东西。稍有创作实践的人们都知道,后者非常重要。因为,只有让作者感动过的东西才能感动读者。《船

序

过越南》,张宇写的什么呢?她没有去有点像缩小了北京天安门广场式的河内广场,也没有去写身材苗条的越南女子,却写了声言"不当作家,就作妓女"的越南的法国女人,惊世骇俗的作家杜拉斯。出奇制胜,或许也是张宇运用得非常娴熟的法宝之一。

写书难,出书更难。此书从装帧到内容,都堪称是精品。书中让人足以"销魂"之处,比比皆是。相信会得到读者们的喜爱的。

沈世豪

(沈世豪:知名作家、教授、国务院颁发的政府特殊津贴获得者、福建省优秀专家、厦门市拔尖人才。作品曾获全国"五个一"工程奖、中国图书奖等。)

前言

从背包出发到现在,已经到过许多的国家和城市。

从在《文艺报》和《散文》发表散文到现在,承蒙文坛大家、作协师长、报刊编辑、广大读者及朋友们的认可和不弃,作品获得若干荣誉,再次结集。春华秋实是个旧词儿,但文学和梦想每日都是新的。

有评论说:散文的荣耀已不再——

于平凡人,不再的荣耀也离得很远。坚守,不一定崇高,只是为了那布衣钗裙般的文章也能皓齿明眸。换句话说,明知道灰姑娘是个童话,但偏偏那双水晶鞋搁在心里放不下,挥不去,如同看山是山,看水是水,快乐是各自生命中的明媚,见仁见智罢了。

记忆中远行时驻足的廊桥、凝望的雪山、跨

过的草原、走过的古城、膜拜的寺庙、黎明的日出、乡野的孤烟,都在一个个莺飞草长的文字里飞瀑流淌,暗香盈秀。当然,所有的文字都会泛黄,所有的故事都会落幕,也许有泪,但始终惊喜莫名,夜以继日,似水流年。

"我见青山多妩媚,料青山、见我应如是"是南宋杰出爱国词人辛弃疾在水声山色的欢愉中写下的千古名句。

这是一种内心的妩媚,内心的绽放,想必古今亦然。

还有庄子的逍遥神游、谢灵运的山水诗作,玄奘的西天佛国,李白的蜀道料峭,徐霞客的孤独跋涉,无不是江山如画中的生命行色、华美妖娆。

从古至今,行与思,行与省,行与缘,行与情,行与美都是中华民族重要的传统。人世间,声色沽名纵然诱惑无穷,但自然之诱惑,灵魂之诱惑,乃人世之最大诱惑。心旅足行,游历生命;行者无疆,远游销魂。行无穷尽,知无穷尽,行知思想无穷尽,行知人生无穷尽,行走文学,旅游文化,壮行色,生文采,王道也!

世间颇大,如果形容行走于江湖,用"两岸猿声啼不住"也许不搭。但横看成岭侧成峰,山不变,道亦不变。内心走得再远,也走不出四十年家国,三千里地河山。无论是浓得化不开的千山暮雪,还是艳得抹不去的桃花灼灼,都终将成为归人的渡口,在夕阳中秋水长天,日月婆娑。

行走是生命的游历,文学是行走的归属,此话有些小众抑或比较"文艺"。人生就是一次旅游,相聚与别离、错过与辜负都是一份缘。光阴带不走沧桑,回眸看不尽年华,有些地方,此生注定是要去的。也许记忆中飘雪的冬天是梦,也许曾经的海誓山盟是梦,

前言

也许遥远的千山万水是梦。即使碗中的茶已经无味,即使午后的长亭已经古旧,但曾经的阳光仍然会在这梦中鲜衣俊俏,花枝招展。

行走——其实是让所有漂泊的内心抵达长相厮守的温暖;抵达如同父母白发一样的茅屋故园、血脉轩辕。

目录

长发及腰\001

色达的诱惑\008

平遥的等候\014

寻找呼兰河\020

广陵散\024

诗意丽江\027

乌镇时光\031

西施故里\034

细雨中的凤凰\038

喀什风情\041

香妃墓随笔\044

古兰丹姆的河\048

今夜我在德令哈\051

烟花扬州\055

如歌的行板\060

图瓦人的白巴哈\063

美人青冢\066

海的神话\070

风月秦淮\075

洛川神女\081

稻城亚丁的神山\085

风从草原走过\089

青海湖情愫\093

女儿国\098

龙门石窟\102

邂逅麦积山\105

钗头凤\109

回眸华清池\113

五台山朝圣\118

长白山气质\122

老城的热泪\125

沙坡尾怀旧\131

遥远的香巴拉\135

迷人的海参崴\139

俄罗斯套娃\143

普吉岛掠影\146

第五大道的传说\150

塞纳河情调\162

船过越南\167

闲逛新加坡\171

吴哥归来\175

卓玛的藏饰\184

走近米亚罗\187

甘南佛宫拉卜楞寺\191

目录

拉萨的八廓街和大昭寺\195

布达拉宫那些沉睡的莲花\198

仙女纳木措\201

天下城郭\205

后记\214

长发及腰

长发及腰

一

中国有许多神话传说,喜欢《嫦娥》这一段。

《淮南子·览冥训》中说,嫦娥是帝喾的女儿,后羿的老婆,性情平素浪漫。一日,后羿从西王母处请来可以飞升之药,被一直埋怨总吃麻雀肉的嫦娥偷吃,嫦娥兴高采烈、满怀期冀地飞到月亮上去,当时她怀揣浪漫,以为生活从此不再平庸,三脚并做两步跑得风快。但广寒宫里无边的寂寞和凄清岁月让她肠子都悔青了。唐代诗人李商隐就触目惊心地这样写过:"云母屏风烛影深,长河渐落晓星沉。嫦娥应悔偷灵药,碧海青天夜夜心。"

因为广寒宫里连麻雀肉都吃不到,只能每天捶胸顿足地舞着两个棉布长袖,虽然甩得薄汗衣透,露浓花瘦。

女人分两种,寂寞和不寂寞的,嫦娥的寂寞是所有女人内心的疼痛。"心比天高,命比纸薄",这八个字,怎么听,都好像是女人心上的一把枷锁,尤其是老想上天入地的女人。

二

宋朝才女李清照说:"寻寻觅觅,冷冷清清,守着窗儿,人比黄花瘦,独自怎生得黑!"可谓国破家亡的寂寞。

韩剧《来自星星的你》里的主人公都敏俊,跨过四百年的历史长河,羁旅天涯,流落他乡,在这前世今生的寂寞男神面前,无数个女人瞬间土崩瓦解,零落成泥。她们打开曾经暮云千叠、城门深锁的心,用她们寂寞许久的眼泪,把一出写寂寞男人的剧,爱得如同世纪交替的盛装大戏。此为传统文化欠缺的寂寞。

有一年轻主妇,温良贤惠,不看韩剧,好阅读,崇拜女人写书,爱听《橄榄树》。数年前生一女,直接叫三毛,还照着三毛的相片给她打扮。打远一看,小姑娘戴一串西藏风情的绿松石和红珊瑚,着波西米亚彩裙,撒开两个脚丫子,背着小书包跑得飘飘然,如童话里的花仙子。我好奇,写书的女人挺多,为啥最崇拜她?年轻主妇答:渴望去欧洲旅游,渴望去非洲探险,渴望去一个遥远的地方找一个没人的地方,彻底逍遥一番,却始终没能如愿。

说到这份儿上,我不好再问了,她也许还有一个爱的故事,一直用手心儿牵着她梦想的裙角——"今生就是这么开始的,走过操场的绿草地,走到你的面前,不能说一句话,在你的掌心写下七个数字,然后,狂奔而去"。

三

年轻主妇是三毛的粉丝,在热烈的油盐酱醋柴后面其实藏着一颗寂寞的内心。她的寂寞总是发生在黎明,突然在深夜里醒来,已有潮汐在内心起伏,已有星光在晨曦中闪烁,但没有任何声音的黎明。

一个在无数个黎明还未上路去撒哈拉的女人,觉得自己这辈子寂寞,

— 长发及腰 —

那去了撒哈拉的女人,是否已经抵达傍晚的茶马古道,正在谈笑风生呢。

从三毛在撒哈拉沙漠经历与荷西的生离死别;到"不要问我从哪里来"的漂泊浪迹;以及光脚坐在川渝街头吸烟时烟圈在指尖的深刻缭绕;从人海茫茫中惊鸿一瞥的眼神,直至最终捡起一条寡淡的丝袜,凄凉独舞,把自己系成一幅"平生事,胭脂泪,无言西楼,一意归去"的浓烈油画。总觉得她是一个孔武凛然的女人,想像她要是高唱"不要问我从哪里来",一定带有滚滚红尘中所有的磨砺和伤痛,沧桑而节制,冷冽而空旷。

总之,应该是一个在自由和阔大之间吼叫的女人。

四

齐豫,齐秦的姐姐。因唱三毛写词的《橄榄树》走红,也是三毛书中提到最多的歌手。齐豫被誉为"天籁之声",舒展、悠长、空灵、丰饶,无论高声唱和还是低声叮咛,都情真意切,很多人爱听,但每次出场的装扮却十分强势,让人迷离扑朔,雾里看花。她说过喜欢所有颜色,对服饰的原则是随心所欲,这就难怪在舞台上从来没看清楚过她穿什么"款式"的衣服,好像身上全是挂着各种色彩各异的布、围巾、披肩,甚至床单,头发也"不梳",弄成蓬乱野草状。她总爱在眼睛、眉毛、颧骨、下颚等处涂上冷色调的阴影,遮盖了大多数女艺人喜欢的水灵灵的粉嫩效果,显出刻意坎坷的、与众不同的脸。

齐豫祖籍山东,颇有热血和齐鲁之风。当年弟弟齐秦进感化院,父母在国外劳碌,只有齐豫在台湾念大学。之后的每个周末,她一大早就起床,买很多生活用品,提着、扛着,挤长途车,辗转去看望弟弟。路远,半路还要在路边旅店住一宿再转车,整整三年,独自跋涉,风雨无阻。

齐豫的我行我素,毫不示弱,显得强悍而坚忍,对于女人来说,这好似一把弯弓射大雕,虽箭头如风,但风落处往往是一首寂寞的挽歌。

五

　　私下觉得齐豫和三毛这两个台湾女人一定很相像,如同一根千年古藤上的枝蔓,盘根交错,乘风沐雨,秋水一色。没见到三毛之前,齐豫也一直是这么认为。她说三毛肯定是大碗喝酒,大碗吃肉,泼辣豪爽之女人。

　　等见到三毛,齐豫却大吃一惊,甚至有些目瞪口呆,三毛和她想像的完全不一样,太不一样了!她说三毛就像一个毫不涉世的小女孩,和别人说话时总是发出"是真的吗"的娇嗔。这在她看来,非常不可思议。

　　连夜在网上找三毛身前的视频和录音资料,稀缺,但有。一段比较完整的演讲,说她如何用四十五公里的速度,沿着海边开车去淡水,沿途遇见算命的、走路的,在沙滩上穿高跟鞋等等一路的景致和感想,看似闲聊,但仍然组织布局得散文一般,清新而历练,如同她发表的那些文字。

　　但第一次听她说话,还是被雷到,她的声音居然娇羞甜美,如同古代城堡里的白雪公主。半夜三更,听着童话一般的三毛的莺声燕语,其恐怖程度如同撞鬼。

六

　　开始一直不知道该怎么形容三毛的声音,直到另一个更年轻的台湾女人出现,她就是大美人林志玲。1998年因参演张国荣的MV *Everybody* 而出道,虽然演技一般,但她的眉眼,加上那种从娘胎里带出来、别人学不会的动静儿,在一段时间所向披靡,成为大众情人。

　　但我听她如此费劲儿说话,觉得累,替她难受了好几天。记得当时有一个挺潮的男孩很不屑我痛苦的心情,义正词严地告诉我,她的声音就是这样的,被叫作"娃娃音"。这个小男孩还是个少年,但似乎也很喜欢成年

——
长发及腰
——

女人发出这种娇滴滴的声音。

我妹……

环顾四周,能发出林志玲那种声音的女人其实不多,高山流水、曲高和寡,难寻知音,花容月貌和天生丽质是喧腾的,但阻挡千山万水、茫茫人海的墨镜是寂寞的,虽是冰糖心儿的,不苦,但是挺冤。

七

三毛的声音有点这个意思,但又不大相同。

想起一位女友,快四十了尚未婚嫁,就在大家几近绝望的时候,突然一日传来婚讯,未婚夫小她八岁,可算高富帅,据说是在卡拉 OK 听见她唱歌时狂热爱上的。女友唱歌其实跑调,但嗓音细嫩,旁若无人,一张嘴就高一声低一声,如同小鸟啾啾鸣叫,也蛮好听。那次,女友心情不好,朋友们迁就她做"麦霸",她就一首接一首哼唧,据说未婚夫当时混在人群里闭着眼睛聆听,一听完睁开眼就向她求婚,众人先大惊,然后大喜,争先恐后替她允诺。但家里人怕这天上掉下的宝哥哥"冲动是魔鬼",万一酒醒了不认账,便忐忑着打听理由?

高富帅蹦出几个字:家里不闷,热闹。

看来这厮对婚姻有过比较透彻的了解,人会老,但声音不会老。好些女主持人、女配音演员七老八十了,虽然鸡皮疙瘩,但说起话来仍然脆生生的,仲夏夜里系的铃铛一般。想像在一个垂暮家庭里,始终有一个年轻性感的声音,像燕子一样飞落在窗户、饭桌、墙角、屋檐、发梢、指尖,如同青春岁月还在舞台上一遍一遍地精彩上演。

还有一闺蜜,和丈夫冷战数月,最终丢盔卸甲,落荒而逃。这闺蜜是女人中的极品,长相好,身材好,烹饪好,缝纫好,性格好,脾气好,被我们称为三百年才出一个的老婆教主。尘土硝烟中,她泪眼婆娑,想不通他为什么

会恩断义绝？使她携手处,今谁在？春去也。有仗义执言者跑去责问那负心的男人,那男人叹了一口气,太静。

　　看来男人也怕寂寞。唐朝皇帝喜欢杨玉环,喜欢娇滴滴的杨玉环穿着露大胸的衣服黏在他身边,其实那是长安闷热,华清池浅,洗不了暑气,贵妃热得想乘机跟出门风凉而已。汉朝王昭君出塞,天寒地冻,冷得受不了,只好戴羊皮帽,穿棉坎肩,裹狸毛大氅,肚子里还塞热水袋,整个一密不透风,匈奴首领呼韩邪单于组织一帮人,赤裸着背和肚皮举行欢迎舞会,一边跳骑马舞一边爱的承诺:"来我们这儿,你绝不会感觉孤单。"《红楼梦》里的林黛玉和薛宝钗,都说丰腴的薛比袅娜的林更性感,还戴着写有婚姻密码的金锁,但贾宝玉却觉得,能和伶牙俐齿的林妹妹窝在一张床上,交流耗子洞嫁女等微信微博 QQ 更幸福。

八

　　如果按声音归类,三毛也是"娃娃音",而且三毛在早,怎么说也算是林志玲的师姐。林志玲声音中的嗲和诱惑,在三毛的声音中也找得到,林志玲喉咙里表达出的那种妩媚的意味三毛也完全具备的,但三毛的才华颠覆了她的人生;同样,她的痛苦编织了她的年华,那些许许多多灵魂的种子只能在另一个角落悄悄发芽。在她独自浪迹的路上,没有停留,没有回头,她从来不是谁的梦中情人,她只是荷西手掌心里的女神。蓦然回首,她的爱是褪色的,是远去的,是痛楚的。

　　所以她的声音如同一个小女孩坐在故乡茅屋天井里的梦话和自言自语,她虽然漂泊过全世界,但她的内心从没降落过,从来没迈出过她生命的城堡以外。她一直安静地待在里面,固守着她前世的灵魂,像童话里的公主,穿着粉色的纱裙,等待着一场生生世世的约会,等待着一个英俊的王子对她说:"我来了,我是你的天使。"

长发及腰

可以说：她的爱,一直是寂寞的。

其实,无论爱与不爱,所有人都曾经寂寞,只不过岁月如梭,有的人记住了,有的人忘记了。

九

元曲《南吕·干荷叶》:"干荷叶,色苍苍,老柄风摇晃。减了清香,越添黄。都因昨夜一场雪,寂寞秋江上。"

古人很有见地,早就领悟了寂寞是万物的狂欢,是生命的过程。三五十个字就写透彻了。

杨贵妃死后的一个中秋,孤独寂寞的唐明皇在梦里去了一趟月宫,他看见,月亮像镜子一样透亮,广寒宫富丽堂皇,桂花树美丽婆娑,高雅的音乐低回萦绕,嫦娥幸福地坐在那里庆贺自己的佳节,心里十分满足,觉得这样的日子快活极了。还有辛弃疾,在一首词中直接邀请嫦娥一同外出旅游,问她要不要一道乘风好去,直下看山河。

看来嫦娥的寂寞,已成绝唱。自古天地间的沧海桑田,都是千万年等一回的绽放。天与地,爱与恨,必经万世寂寞,才能换来日月荣光。

当一切都已过去,寂寞将会被忘记。几千年的坎坷,都化作暮色中盛开的野百合。

在这个美丽的刹那,在碧海青天中独自待了几千年的嫦娥,仍然人面如花红,嫣然眉黛横,着罗裙,戴玉簪,红袖销魂,晃动起来,摇摇摆摆,风轻云淡。

而且——正好长发及腰,

网上有帖:这是男人最喜迎娶的女人的时刻……

笑脸笑脸笑脸

色达的诱惑

很多人不知道色达,不知道这里有一座世界上最大的佛学院。

发现这个地方很偶然,朋友一次翻阅《国家地理》杂志,看见一张照片,在雪山峡谷之间,见缝插针地悬挂着成千上万个红褐色的藏式小木屋,密密麻麻,铺天盖地,惊心动魄。在夕阳余晖五颜六色的照耀下,一位身穿绛红袈裟的喇嘛虔诚地双手合十,口诵真言,表情如泣如诉,悲喜交集。

那震撼,那壮观,那神秘,那瞬间超越红尘,立地成佛的感觉汹涌澎湃,如鼓声击打心扉,很长时间在脑海里挥之不去。

据说色达藏民多信奉红教,僧人为色达县城人口的四倍,无论在佛学院还是县城,满目都是红色袈裟,僧舍之多,僧人之众,人文之奇,自然之美,无不使人瞠目结舌!

这就是色达,被人称为佛的怀抱,灵魂苏醒的地方,

色达的诱惑

雪域、高山、湖泊、草原环绕着的最后一片美丽的净土，来这里的人终日只做一件事，就是修行。

这里的黄昏过于漫长，每天日落时分，当中国的城市从东边开始，一座座沦陷于黑暗，她依然笼罩在光芒万丈之中。

血色的黄昏，蓝色的星空，红色的房屋，金色的佛语，辉煌的殿堂，似乎在海拔四千二百米的这里，你能找到生命的永恒。

很多人，揣着信仰来了，留下，然后修房屋，打算一辈子留下的修行者比比皆是。随着来修行的人日益增多，暗红色的藏式木屋也越来越多，最多时有数万间。一眼望去，视觉和心灵的盛宴。

无限吸引，心向往之，决定去看看，但因为进去的路况十分艰险，旅行社尚无组团前往计划；自驾，没有人愿意拿自己底盘低的车和三脚猫功夫冒险。只好反复在网上查寻，终于大海捞针一般搜到一个包车驿站，最后确定跟随一位经验丰富的师傅开三菱越野进去。

八月，以为大功告成，带上各种装备直飞成都，没想到噩耗传来，因雨季，泥石流冲垮道路，不能前行。闻讯十分沮丧，但也无奈，有点诸葛亮"出师未捷身先死"的感觉，垂头丧气、灰溜溜回到厦门眼巴巴儿盼着。九月，听说天气好转，又打起精神乘机抵达成都，再次出发。

色达县位于四川省甘孜藏族自治州东北部，境内地形地貌复杂，平均海拔多在四千米以上，几乎无路可直接通达。距色达县城二十余公里有一条山沟叫喇荣沟，顺沟上行数里，就是藏于深山中的佛学院所在地。

从成都到色达，一般司机都选择先到阿坝藏族自治州州府马尔康，再借道壤塘县进入色达，这是条"近路"，全程约六百八十公里。

成都到马尔康，越野车狂奔九个小时，再从马尔康到色达，越野车再九个小时。这前后的九个小时，特别是后九个小时，简直险象环生，危机四伏，可以说每一分钟都有生命危险。大地震后的山土松动，使我们遭遇四次塌方，无数次飞石，无数次急转弯时几乎与对面的货车相撞。行进中，右

面是悬崖峭壁,左面是湍急的江河,不要说水泥路,就是土坷垃路也没有,全是沼泽一样的泥泞、石头和高低不平的大坑,甚至一个连一个的"洞"。整个去色达的"路上",我就没有保持好过一个姿势,身体一直在摇晃,一直在挣扎,如果不抓住车内的把手,几乎每时每刻都要被甩出去。

同去的伙伴有两个高原反应严重,挤在这样的车里闭目昏睡。

噫吁嚱!蜀道难,正如李白写过的——"难于上青天"!

傍晚时分,终于抵达色达喇荣寺五明佛学院。

色达喇荣寺佛学院属于宁玛派,由晋美彭措法王于一九八〇年创办,在短短的数年间从山谷深处崛起,一跃成为世界上最大的佛学院,简直是个不可思议的奇迹!

也许是佛的旨意,在通向佛学院大门的那一刻,一切变得通达和平缓,我们颠沛的身心突然归于平和与宁静。

一路上,看见正在搭建的木屋,九平方米大小,红色,平顶,简朴密实,从外观看,都有油画一样浓浓的色彩,在阳光下仄射着耀眼的贝壳一般的红色光芒,每一间几乎一模一样。

还有连接山坡各建筑物之间的小路阡陌纵横,远观如一张密集的织网在蓝色苍穹下神一般的铺展开来,像是信仰的乌托邦穿行在这红色的海洋上。

朝暮之间,身披绛红色僧袍的喇嘛和觉姆熙熙攘攘,来来往往,红色的僧衣、黄色的僧衣、佛珠,在蓝天的映衬下,叮叮咚咚,华丽涂抹,于是从天到地,从黎明到黄昏,形成绝美的色彩。

这个没有尘世烦扰的黄昏,在静谧中一望无边。我们惊讶,在这空气稀薄、地势恶劣的川西高原居然聚集了如此多的人在这里过着艰苦的生活,就为修行佛法,解脱轮回。

到达色达的那天正好是中秋节,佛学院最高处——坛城的大殿金碧辉煌,一轮明月普照众生,这里的人归去来兮,一佛出世,二佛涅槃,是非绝,

色达的诱惑

利名竭,想必对尘世的生离死别、悲欢离合已无牵挂,最多对春来秋往的红叶问一声:今昔是何年?

用看破红尘、遁入空门、青灯古佛来形容此地修行者显然不大合适,说"花落尽,酒已干""人不遇,长安道"也显得矫情。

只能是——归来,人类心灵的终极轮回。

佛学院的大经堂为封闭式四合院结构,其中庭院及一二层是学员们习经的场所,三楼为佛堂。这座可容纳五千人的大经堂经常举行各类法会,数以千计的酥油灯盏将会场映衬得金碧辉煌。据说每盏油灯都代表着一位信众的求佛之心。每天都有不计其数的修行者在此诵读经文,听领活佛、上师的开示。

原以为藏族的出家僧人一律称之为喇嘛,其实有误,到了喇荣五明佛学院才弄明白,男性僧人称为觉士,女性僧人称为觉姆。通过各种修学考试,可获得不同等次称号,男性僧人的最高等次是堪布,女性僧人为堪姆,相当于我们说的博士之类。这考试有很多种方式,不是我们传统观念上坐在教室写试卷的那种,比如辩经也可作为考试方法。怪不得经常看见佛学院里的男女僧人各自激烈地争辩着什么,成为一道很有意思的风景线。

藏族地区宗教氛围浓郁,活佛、经书、教义和酥油灯,占据每个藏民的心灵空间。学员中以藏族人占绝大多数,其中约有近千个汉人。这里常住的僧人最多时达到数万人。

站在山顶,默默注视那些神秘的红房子,想像着里头的人有着怎样的前世今生,有着怎样的人生故事,有着怎样的富贵浮云和怎样的风流陌上花?不由唏嘘。

很荣幸遇见一位觉姆,六十岁左右,清瘦,七年前从沈阳来。她穿的红色袈裟带有一个红色的帽子,正好裹住她光光的头顶,蛮好看。她把我们拐弯抹角地带到她的小红房子里,房子里没有像样的家具,没水没电,墙上贴着许多佛教的宣传画。怕我们怜悯,她淡然一笑,说她并未遭遇什么不

幸,反而拥有美满的家庭,只是一心向佛,喜欢修行,就来到色达。中秋节这天,家里的丈夫和孩子还通过手机给她送来许多的祝福,她平淡地说着,很满足的样子,但丝毫没有"苦海无边,回头是岸"的意思。

她很多年以前是个"文艺青年",曾写过很多诗,当得知我是搞文学创作的,就站起来朗诵了一首自己的诗。内容我记不清了,但是听起来有些直白,有些激烈,有些狂热,让我想起在那个遥远的岁月,有炊烟,有白桦林,有牧歌,但蜿蜒的河水流淌着我们荒废的成长时光和呱噪着的戏剧和红旗,我不知道这是她的前世,还是我的今生,一想起来心里还是隐约疼痛,眼里于是有泪涌动。

所谓修行就是修养德行,是约束,是自省,是扬善,是审视自己的内心。据说修行的始祖是释迦牟尼,他在菩提树下修行,悟出涅槃境界。说俗一点,就是自己认识了自己的心!其实,修行在个人,念经也好,磕头也罢,要真正懂得审视、约束、规范自己的内心和行为,才算是修行。这与我们在文化传承中提倡的精神文明,道德提高,也许是同出一辙吧。

如今这位觉姆已经修行七年,我不知道她修到哪个份儿上了,还有十几年?不,应该会是一生,一辈子,才会有答案吧。

人生无常,佛法轮回,在色达只有修行永不懈怠。真的是这个原因让一个平凡的女人变得神圣,变得有力量?我不好妄下定论,但她们无欲无求的纯粹精神让人感慨。

也许,和她一样的无数人来此是为了寻找灵魂深处最干净的归属,这已经是他们深至骨髓的信仰,也许世上没有比信仰更能促动人坚持往前走了。

离开佛学院的时候,阳光穿透云雾,红尘一切入画。飞扬的经幡吟唱着千年的梵音,蓝天上的白云飘动着万古的悲欣。

佛学院周围是色达草原,因为几乎与世隔绝,圣洁中姹紫嫣红,静寂中生命怒放,每一个视角都如同天堂,美到窒息。若沿色曲河北上,河的两

色达的诱惑

岸,成百上千条牧草丰美、开满各色野花的草沟,还有延绵起伏的绿色山脊,向东西方向延伸而去。其间,是水一样流动的黑色的牦牛和白色的羊群,以及华丽丽的丝绸般的牧歌在风中悠扬播散。置身其间,有一种站在世界尽头既无限苍茫又无比温暖的感觉。

在色达,当轮回交错,当灵魂斑驳,当生死已如过往,你突然会听见自己的生命悄然飞翔的声音。所以,到过色达的人都会把色达拉进自己的心里,渴望彼此相爱、寂静、欢喜。

佛学院周围还有许多的寺庙,在万山沟壑中肃穆庄严。在这空灵的高原,在这佛的怀抱,在这排山倒海的诵经声中,我在色达拍了一张成千上万个红房子占据全部画面空间的照片,写了一行字:"借我一生,不修来世;伴我一程,不为婆娑;即使离开,手还在你的手里。"

然后背起行囊,离开了色达。这个在藏语中被叫做"金马"的地方。

也许,和她一样的无数人来此是为了寻找灵魂深处最干净的归属,这已经是他们深至骨髓的信仰,也许世上没有比信仰更能让人坚持往前走的力量了。

平遥的等候

一

"在此等候"是个酒吧的名字——在山西平遥古城明清街上,离县城中心的标志性建筑"市楼"不远,颇有名气,在《平遥旅游指南》上也算一个景点。

每到夜幕降临,里面就玉壶流彩,杯影如画。抵达平遥的男女都如同干渴久了的鱼,摆着尾鳍争先恐后游去。他们怀揣着各自的跋涉故事和人生旅途来此相遇,让唇舌及肺腑在燃烧的酒液中,尘埃落定,春暖花开。多年过去,黄土高原的赤子热肠使这个黄河岸边的"等候",在一串串大红的灯笼辉映下像一簇簇天涯芳草,蓬勃丰美。

距此二百余公里外有个雁门关,关上那轮冷月正述说着杨家将的马蹄声碎,一门忠烈。

为了躲开没完没了的高温,我背着行囊,辗转车旅,穿越无数个绿绿紫紫的农家葡萄园,抵达有着两千七百年历史的晋中平遥,为的是远离流年浮华,寻一处妥妥的清凉世界。

平遥的等候

我住的客栈也在明清街上，就在"在此等候"的斜对面，行前在网上预订好一切，直接入住。该客栈亭台楼阁，小院回廊，石刻门楣，木梯洞天，巨大的墨绿水缸里养着粉色睡莲，每间客房外面都高挂一个红灯笼，有点乔家大院的范儿。房间里土炕木椅，雕花屏风，大红的刺绣帷幔，别致的仿古茶壶瓷碗，墙上还挂了头上戴着铺翠冠儿的蛾眉仕女。脱鞋上炕，有种冰凉的湿润，仿佛过去的平遥女人用井水洗发后留在发梢的水滴弥漫开来，恍如隔世。

平遥古城是中国境内保存最完整的古代县城，是中国汉民族城市在明清时期的杰出范例，向人们展示了一幅非同寻常的文化、社会、经济及宗教发展的完整画卷。它的街道格局为"土"字形，建筑布局则遵从八卦方位，体现了明清时的城市规划理念和形制分布。城内外有各类遗址、古建筑三百多处，有保存完整的明清民宅近四千座，街道商铺都体现历史原貌，被称作中国古代城市的活样本。

白天找了一个当地特有的观光电瓶车，沿着古城墙逛了一大圈儿，以"汇通天下"而闻名于世的中国第一座"日升昌"票号、钱庄、镖局、衙门、文庙、城隍庙、清虚观、各类博物馆等，一一驻足拜访，琢磨往古气息。

夜晚，当城内的宫灯像烟花一样升空绽放的时候，"在此等候"在人头攒动中像一个春天的鸟窝。

酒吧里金发碧眼的老外居多，彩袖殷勤的服务生们大都忙着翘着舌头说英语。我找了一个角落，对面还有一个空位，一把老旧的牛车轱辘形状的藤椅，放着一个大绿牡丹的软绸靠垫，我要了一杯加冰的蓝色 margarita，还要了一杯温热的菊花茶，我在等候我的母亲。

二

我童年时曾用五颜六色的蜡笔画过一条美丽的小船，那白色的帆尖儿

上挂着一颗暖烘烘的太阳。母亲说等我长大了就带着她坐这个船一起出去旅游,什么河南河北、山西山东、美国英国,都要去,她特别提到太行山。后来,我考证了一下,其实山西与她之间,没有什么必然的联系,她只是喜欢阅读抗战题材的小说,爱哼哼一只"太行山上"的雄壮歌曲。还依稀记得她唱歌时年轻的微笑和被一望无际的金黄色的油菜花香弥漫着的故园。

但我们的约定还没来得及兑现,她突然就走了,一点先兆也没有,一句话没留下,是心脏大面积梗死。当时我不在她的身边,她的裙裾在她上路时划过我的脸颊,我强烈地感觉到彼此曾经紧贴着的温暖像雪花一样融化消散。

我很早就离开母亲,羁旅天涯,我母亲也过早离开我,驾鹤西去。我相信,虽然人生有太多的生离死别,但一叶一世界,一树一菩提,当我们在佛的怀抱中相见时,我们不会再有怨言,因为,我和我的母亲这辈子注定不是为修来世,而只是为了在途中相见。无论生与死还是亲与情,我们都互不相欠。

但我始终遗憾,我没能和她一起去太行山,没能去看她喜欢的"落霞与孤鹜齐飞,秋水共长天一色"。于是,我总是在每一个远行前在心里和她约定见面的地点,在每一个旅途中找一个"驿站",等候她的出现,不为别的,就为了那前世今生的约定,就为了和她瞬间齐履并肩。

我告诉母亲,这就在太行山的脚下了,前方"千山万壑,铜壁铁墙,红日照遍东方,自由之神在纵情歌唱,抗日的烽火燃烧在太行山上——"

酒意朦胧中,我感觉母亲从外面踏歌而来,轻轻坐下,喝下那杯茶,欠身离去,隔着细雨,我向她道别,看着她在斑驳悠远的青石板上越走越远,直至完全消失在那些城墙飞檐后面的黛色远山里。

其实,父母总要离我们先去的,活着相随,已经是一份奢侈,但无论生,无论死,希望我们的灵魂总会在路上遇见。

接下来我给还在海外的儿子发微信,告诉他我这几天的行程。酒吧里

平遥的等候

灯影浮动,写字有些暗,我就用语音留言。我说我明天要去距离这儿几百公里的晋北,代县雁门关。他开始听成汉代时期重要的军事关隘和丝路交通要道,甘肃酒泉的玉门关。我说是另一个,还记得中国北宋时期,杨家将戍守北疆、精忠报国的故事吗?他说是不是长城上的一个险要的关隘?我说是,兵家必争之地。几番往来,他说我这边吵,我说他那边吵,只有一句我听清楚了:雁门关路不大好走,等他回来再和我一起去,等着——

听了儿子的话,我无语。等候?父母尚且等不了我,我就一定等得到孩子吗?人生过往,天地悠悠,前不见古人,后不见来者,大多怆然而泣下。

再看一屋子的老外,他们漂洋过海,千万里跋涉,离开纽约的华尔街,来到"古代中国华尔街"——平遥;我们的下一代也漂洋过海,千万里跋涉,离开中国的华尔街,去到"世界的华尔街"——美国,彼此都在今夜执著地等候,等候什么呢?难道东方和西方的未来永远都无处安放?

在我低头摆弄手机的时候,一个女人挤进来,在我对面的空位"哗"地坐了下来,动静很大。她吃力地取下肩上的包,那是一个巨大的背包,好像装着两个人的用品。我抬头看她,四十多岁,憔悴,但肯定曾经漂亮过。穿一件"西街往事"的棉麻上衣和长裙,这种单件设计的品牌服饰大多用手工缝缀着许多雅致的珠子,很夸张但也浪漫,很多特立独行、爱在外面跑的女人都喜欢。像在丽江,就经常卖得断货。

一般在这种场合遇见,相互是没有陌生感的,我们自然聊了起来。当她直截了当地告诉我:她在一所大学任教,来等一个男人时,我明白了这才是今晚在平遥一份真实的等候。我记得我们之间当时有这么几句对话。

是你老公?

我没有结婚。

男朋友?

他有老婆。

他答应要来吗?

我一直在等。

我盯着她的包,怪不得那么大,那可能是她想要的一个家,或者是为了他曾给她的温暖。她收拾起那些甜蜜的碎片,使劲儿塞,但偌大的包像一口古井悄无声响,于是她的爱只好四处流浪。

同为女人,她不是在等候母亲,也不是在等候儿子,是在等候自己的一份地老天荒的爱情,很惊艳。

作为女人,我无话可说。人世间,茫茫人海,不是夫妻的两个人碰上了,渴望厮守缠绵,像树和藤,像根和蔓,但更多的时候,也许几乎就是一辈子,他们更像草原上的两棵树,只能擦肩而过,只能独自徘徊在没有月光的岸,只能在对望中凄然而绝望地老去。看着她,我理解,但疼痛。

"亲——你如果真的爱他,在背起背包出发的那一刻,你应该向他告别,虽然很可能你找不到向他告别的理由。"

我不知道她姓什么,只好这样叫,但最终我把想对她说的话全部咽下去了,因为这个话题实在博大精深。

在我起身时,已经是凌晨时分,那个男人还没来。

四

离开酒吧爬上古城墙,感受昔日的剑吼西风,固若归鸿。平遥城的始建至少可追溯至周宣王时,现存城墙是明洪武三年在西周旧城的基础上大规模重修的,此后又经过数十次修补。如今那些厚重的城墙虽然历经沧桑,仅剩残垣断壁,但仍然威武雄壮。早闻平遥有"龟城"之称,穿越几个城门之后遂发现平遥的形状真的像个趴着的"乌龟",明清街正好在"乌龟"的背中线,在晨曦中垫着脚尖,踩一下嘀咕一声:"健康吉祥,长命百岁。"

肚子饿了,想用一份早餐。发现街旁巷陌有一家祖制招牌,历史悠久的面馆掀开一扇小门,一只小黑狗蹲在那里拼命向我摇尾巴。店主是一对

平遥的等候

七十多岁的老夫妻,已经洗漱完毕,白发青衫,古朴风雅,颇有遗世之风。看我踯躅,笑脸相迎:"想吃什么?是不是'栲栳栳'和'碗秃',这就可煮!"真的吗?我薄薄的胃一阵惊喜。

碗秃是平遥著名的风味面食小吃,吃时既可凉拌又可热炒,一般夏天多凉拌,佐醋、蒜泥、芝麻、香油等。热炒则是加碗秃、土豆丝、蒜肠、饼子,加辣椒油快速翻炒,色香味俱全,远远站在路边香味扑鼻而来。这一小吃在古城大街小巷随处可见。

莜面栲栳栳本因外形似农家专门用来打水或装东西的一种用具,民间叫"栲栳"而得名。不仅名字奇特,制作也很讲究。用手掌将和好的莜面在光滑的板面上推卷成筒状,之后挨个并排放置在蒸笼内,形似蜂窝,蒸熟即食。吃时最好蘸以羊肉或蘑菇汤,味道更是鲜美。

三五攀谈,得知老夫妻哪儿也没有去过,六十年前接过父母留下的面馆营生,朝朝暮暮,一蓑烟雨,在这厚重的天和厚重的老城墙下,带着儿女们坚韧而慢慢地活着。他们一下一下地揉着面对我说:"平遥,是老祖宗建的,两千多年了还在,不容易,子孙后代守着它,心里踏实。"

老夫妻的见识和厨房里的香味让我无比沉醉,感觉这是此次旅途中最温暖的一次等候。我靠在门槛上抱着小黑狗,喝着老夫妻给我煮沸的茶,几乎睡去,梦里,正从一个黑发旅者蜕皮为一个白发归人。一早开往代县的车票在怀里揣着,再晚或许就赶不上车了,但我没打算挪窝,直到手上的茶已无味,我还在闲懒地等待着丰盛的早饭和平遥的黎明。

白云苍狗,岁月悠悠,似乎曾经紧赶慢赶过的所有时光,在这一刻突然变得风轻云淡,所有渴望等候的日子其实就是一出生命的缘。

古城、日出、晨风、炊烟、人生——似水流年。

突然,泪流满面。

寻找呼兰河

> 当人的慧命在红尘历经劫难之后,终于可以回归万有的源头。再来时,必脚踏莲花,乘愿而来。
>
> ——佛说

到哈尔滨,去了圣索菲娅教堂、太阳岛、中央大街,还不肯回宾馆,还在街上转,若有所失,好像觉得还有一桩什么事情在心里搁着,而且已经很久很久了。突然,眼睛落在一个门牌上,看见"呼兰区"几个字,心里像提了一桶水,猛烈晃了起来。

那个哀叹"人生为了什么,才有这样凄凉的夜"的独特任性,才华横溢的女人在我眼前一闪而过。

那是萧红。

一九四〇年十二月二十日,萧红写完长篇小说《呼兰河传》。呼兰河为松花江支流,位于黑龙江省中部。源出小兴安岭,上游克音河、努敏河等支流汇合后称呼兰河。《呼兰河传》所描写的呼兰就是这个黑龙江的呼兰县。二〇〇四年二月,国务院批准其撤销县制,设立

寻找呼兰河

哈尔滨市呼兰区。

就是说,或许我现在就站在萧红所描写的童年时她祖父的那个荒凉的后院里,而斯人如斯夫,已离去多年,不甚感怀。

《呼兰河传》创作于二十世纪二十年代,写中国东北呼兰河畔一个小县城里的故事。这是一九三八年作者继《生死场》之后,萧红在重庆开笔创作的一部自传性长篇小说,当时由于颠沛流离,直到一九四〇年年底才在她寓居的香港最后完稿成书。

这是一部浸透了创作主体自身情感色彩,以满蕴情致的笔调描绘出的茫茫东北平原上的风土人情、文化习俗、地理环境、历史变迁的小说,是她创作生涯中最着力也最具特色的情感泪滴。

那一时期,正是抗日战争最艰苦的阶段,这使远离家乡的萧红更加怀念故乡和童年,于是,她以家乡与童年生活为原型,创作了这部小说。我常读这本书,发现它的艺术形式比较独特:它虽然写了人物,但没有主角;虽也叙述故事,却没有主轴;全书七章虽可各自独立却又俨然一整体。作品可见娴熟的技巧、抒情诗的散文风格、浑重而又轻盈的文笔,是萧红"回忆式"作品的巅峰之作。

茅盾曾这样评价《呼兰河传》的艺术成就:"要点不在《呼兰河传》不像是一部严格意义上的小说,而在于这'不像'之外,还有些别的东西——一些比'像'一部小说更为诱人些的东西:它是一篇叙事诗,一幅多彩的风土画,一串凄婉的歌谣。"

在中国近代许多女作家中,很喜欢萧红,觉得她是最真实,又是最惨烈的一位,因为她本身就是一本书。每每想到在弥留之际,她在纸上写下"我将与蓝天碧水永处,留下那半部《红楼》给别人写了","半生尽遭白眼冷遇……身先死,不甘,不甘"的情景,便忍不住一声叹息,潸然泪下。

有时我也问自己,为什么她的飘零、寂寞、忧伤打动我?我觉得我很残忍,难道我把我们往往在文学创作中虚构的感觉建立在萧红真实的人生

上,或许是她的存在让我们以为文学就一如她的描写一样?

小时候从图书馆里借到过一本页面已经翻旧的《呼兰河传》,后来买了好几个版本珍藏,读她的书是寂寞的,但她的寂寞决不矫情,那是人生最悲壮、最无可奈何的寂寞。

赞同一位朋友这样写萧红的寂寞:"萧红本身就是寂寞的,她的生,她的情感,她的生活,甚至她的死。"萧红出生在黑龙江,十年漂泊,呼兰河是她的起点,香港是她的终点。去世时,身边竟没有一个亲人,真是孤独地来到这个世界上,也孤独地离去。

按她的话说:"春夏秋冬,一年四季来回循环地走,那是自古也就这样了,风霜雨雪地,受得住的就过去了,受不住的就寻求着自然的结果。那自然的结果不大好,把一个人默默地一声不响就拉着离开了人间的世界了。至于那没有拉去的,就风霜雨雪,仍旧在人间被吹打着。"

所以,只要还没被拉去,就寂寞吧,比如读书,读萧红的书。从书中可以读到,萧红的一生是被家庭、爱情和社会所放逐的一生,在她的内心深处,始终深藏着难以排解的无家的悲凉感。可以说,寂寞情绪和无家情结困扰着萧红,也造就了萧红,成就了她的艺术佳作。她把自己的孤独与忧伤、寂寞与怅惘,通过审美沉思转化为作品的情感基调。

一些评论家说,写作《呼兰河传》时的萧红,已经经历内心与外在的种种变故与波折,她找到最能表达自己与故乡的血肉联系的散文笔调。在这种书写中,萧红重新确认自己与故乡、与呼兰河的关系。它们不再是对立性的,而是对话式的。在这样的写作中,萧红获得心灵的慰藉。尤其在对祖父的回忆性的描写中,充满对童年烂漫时光的回味。

萧红凭着天赋和敏锐的艺术感觉进行创作,她以独特的艺术感受力和表达才能创造出介于小说、散文和诗之间的边缘"萧红体"文体风格,构筑独具韵味的艺术世界。

诗意之美,这是"萧红体"小说最显著又是最潜在的美质。萧红对诗意诗境的追求,使她的小说创作有强烈的抒情意味。

网上看到一段文字:《呼兰河传》中有一个作为抒情主体的"诗魂"的自我形象存在。这个自我形象本身就是一首诗,有诗一般的心怀、诗一般的情趣。她不但增加了写人叙事的深度,更增加了抒情的浓度。这个自我形象就是作家命薄才高,心秀眼慧的诗化体。

"命薄才高,心秀眼慧"?觉得不妥,但也找不出理由。

当然,妥与不妥,与萧红已然没什么关系,以她的性格,她也不屑理会。她最牵挂的应该是她的黑龙江、她的呼兰河、她的亲爱的祖父和亲爱故乡。

如今,我就站在这片诗意盎然的热土上,寻一个朋友,寄一段幽思,然后油盐柴米、喜怒哀乐,该干吗干吗。正好,同行的女伴买了一大堆哈尔滨红肠和土特产跑来,

看我总在呼兰区转悠,不解。

我说在找一个后花园,朋友还是不解。

谁的后花园?

呼兰河的,那个在我脑海里着一袭红衣的女人的……

广陵散

之所以写这篇文章,因为刚从黄山下来去了嵇康的家乡,安徽宿县西南。

那里地大物博,却曾经贫瘠荒凉,一曲《广陵散》成了绝响,嵇康的后人在风雪中寻找至今,仍然只是大如草席的雪花。

魏晋,余秋雨的《遥远的绝响》中曾经称之为"一个无序和黑暗的后英雄时期",在此之前,出现过一批名副其实的铁血英雄和播扬过一种烈烈扬扬的生命意志,突然因为英雄们相继谢世,历史一下子变得轻松,宏谋远图不见了,壮丽的鏖战不见了,代之以权术、策反、谋害。

在混乱中,文采斐然的大知识分子纷纷成为刀下鬼,比政治家死得还多还惨烈。如玄学的创始人何晏、《博物志》的作者张华、山水诗的鼻祖谢灵运、《后汉书》的著者历史学家范晔,等等,统统被杀。

曾高叹"时无英雄,使竖子成名"的阮籍坐不住了,整日烦躁不安,以为世界末日到了,他驾着木车径直去

广陵散

苏门山,想向老朋友孙登请教历史和哲学的问题,而孙登像没有听见一样,闭着眼一声不吭。

阮籍急了,就从嘴里吹出啸声,类似我们今天的口哨声,尖利而高亢。听到如此声音,孙登睁开眼睛,脸上立时生动起来,甚至笑眯眯地鼓励他再"啸"一遍。对着群山,阮籍啸完了,人也平静下来。

下山的时候,孙登望着他的背影拨响琴弦,瞬时,如同百凤齐鸣的音乐声充盈于山野林谷之间,快乐而流畅,阮籍停下来听了一会儿,身上发热,脸上露出微笑,在后来很长一段时间不问国事,心情愉悦。

阮籍后来还交了一个小他十三岁的好朋友嵇康,嵇康是曹操的嫡外孙女婿,是个稀世的大学者、大艺术家,是"正始文学"的代表作家,与阮籍、向秀、山涛、刘伶、阮咸、王戎号称"竹林七贤"。嵇康还长得很精神,是个帅哥,却有些不近人情。母亲的"追悼会"上哭声一片,只有阮籍备琴携酒,用美酒和歌声送别远行的老人,这种大逆不道的行为在当时会以"不孝"获死罪,但蔑视礼法的嵇康却如同找到知音,两人成了铁哥们。

阮籍特别喜欢嵇康,因为嵇康居然在洛阳城外开了一个铁匠铺子,许多文弱的读书人在那里强身健体,休闲娱乐,还大口喝酒吃肉。阮籍觉得这比吹口哨更有意思,对嵇康爱得不得了。打铁的朋友中有个叫山涛的,当时任尚书吏部郎,做着做着不想做了,阮籍知道后,脑子一热,做了一件让他悔青了肠子的事情,他建议让嵇康去做,山涛便向朝廷推荐,然而没想到却换来嵇康的绝交信,好朋友弄得不欢而散。

也是这封绝交信,使嵇康招致杀身之祸,因为司马昭不喜欢嵇康把官场说得那么黑暗,加上钟会的举报,嵇康最后判了死刑,他的《广陵散》成为千古绝唱。

《广陵散》不是嵇康创作的,但只有他会弹,历史上总把嵇康的《广陵散》称为绝响。

东汉蔡邕《琴操》谈到与《广陵散》相关的历史故事:聂政是战国时期韩

国人,其父为韩王铸剑,因故违了期限,被韩王所杀。聂政为父报仇行刺失败。他知道韩王好乐,遂自毁容,入深山,苦学琴艺十余年,身怀绝技返韩,已无人相识。聂政找机会进宫为韩王弹琴,从琴内抽出匕首刺死韩王,自己也壮烈身亡。后人根据这个故事,谱成琴曲,即为《广陵散》。

嵇康善音乐,好弹琴,他把这首古琴著名大曲弹奏得慷慨激昂、气势宏伟,招来许多人前来求教,但嵇康概不传授。

东市行刑前夕,嵇康视死如归,神色不变,要一把琴弹奏《广陵散》,曲终后感慨地说:"袁孝尼尝请学此散,吾靳固不与,《广陵散》于今绝矣。"

诗意丽江

诗意丽江

探寻丽江,也探寻她的来历。

就像触摸一个美丽女人的风情,感受她与生俱来的血脉,追寻她长裙飘逸的一路弥漫花香。

丽江表面薄透盈握、烟花璀璨,却有坚硬古老、沧海桑田的躯干。她处于青藏高原和云贵高原连接处的滇西北高原,金沙江流经全区,拥有老君山、小凉山、玉龙雪山三大山系,是个有独特魅力的旅游地,浓郁的民族风情和深厚的人文蕴涵构成丽江绚丽多彩的地域文化。

丽江为世界文化遗产,以"一座雪山一座城,一条江水一个湖"的神秘感性,召唤着人们在丽江遇见自己,遗忘过往,在漫步古城感受闲适光阴里的一花一木的同时,让午后柔软的阳光慢慢照进内心,让灵魂流连忘返地在这座古城轻轻流浪。

在昆明转机,到达丽江,入住茶马古道客栈,位于丽江古城西门。客栈朱漆大门,两侧挂着红色的灯笼串,进门是碎石铺就的天井,有东巴文化神秘的图案,房间

就位于天井四周,冬暖夏凉,是纳西风情的两层小院落民居。门口有高出天井两级台阶的走廊,石桌、藤椅、盆花和蜡染的布画,与小院子自成一体,院里种满山茶、牡丹、苹果和海棠,许多无名小花爬上墙头,暗香浮动,蝶飞蜂舞,自然温馨,如家的感觉。

丽江是古南方丝绸之路的口岸及茶马古道上重要的商品集散地,古城街市路面全由五花石砖铺成,城内有建于明清时期的大小石拱桥、石板桥三百多座,整个古城以四方街为中心,民居全是土木结构的瓦房,是中国古建筑中的奇葩和财富。

古城的美,不像都市的繁华,不像乡野的纯朴,不如大家闺秀般雍容华贵,不如小家碧玉般清纯秀美,它像一个古朴而风情的女人,沧桑而性感,热烈而原始,是古老与现代的共存,是东方传统与西方文化的交汇,是古老东巴文化与现代文明的奇特组合,被誉为"东方威尼斯""高原姑苏",与众不同而又令人捉摸不透。

丽江有句话:"不在晒太阳,就在去晒太阳的路上。"本地的纳西人总是不慌不忙,若有好奇的游客相问:他们也许会如此回答:"人生下来就是走向死亡,又何必走得那样匆忙。"

很多独自旅游的人都喜欢找一处慢节奏的地块儿发发呆,丽江就是适合发呆的天堂,在古老的青石板路上,在静谧的晨曦和黄昏中,在有雨无雨的客栈,在落叶寂静的树下,捧一本闲书,点一杯香茶,看日落日出,听细水长流。可以说,在丽江最好打发的就是时光。

在古城,你随时随地都能看到不同时间、不同空间、不同国度、不同景象。身披传统纳西族"蛙"形羊皮披肩的纳西妇女和城中到处可见的外国游客;墙壁上雕刻的纳西象形文字和操着流利英语的纳西老太太;垂挂在每户人家大门两侧的红色灯笼串,石板路边极具特色的小酒吧和身着民族服饰在路边载歌载舞的"潘金妹"们,只要你愿意去看去发现,就能找到许多令人回味不已的"特色"。

诗意丽江

"北有故宫,南有木府",木府是云南纳西族木氏土司的宫殿,没有皇宫的富丽堂皇,却也俊美爽朗,又不失粗犷阳刚。石牌坊上大书四字"天雨流芳",此乃纳西语"读书去"的谐音,可见纳西人对知识的崇尚。木氏和丽江渊源深长,很难说是有了丽江才有了木氏,还是有了木氏,才成就了丽江。

在木府的三清殿门口,就可以看到古城的全貌——千年古城,被密密麻麻的木结构纳西民居占满,一条蜿蜒的小河贯穿其中,想独自逛古城的人都必须知道,逆流而上是进城,顺流而下是出城,唯有这个才是外地游客找到回家之路的办法。

古城清泉绕城而流,清澈而灵动,水里有红色的鱼儿在曼妙地游戈,映照着水边的红灯笼、古居、字画、房檐、酒吧、咖啡屋、面馆、书店、洋人,如穿越历史,如梦如幻。

走累了,可歇息下来,在饮食店铺里品尝特有的砂锅饭、砂锅米线、丽江粑粑和酥油茶。要不去酒吧,四方街周围的酒吧大多由老外经营,布置也很有特点,木桶、兽皮、牛角、红绿松石、唐卡、银碗、玉盏、孔雀毛、羊毛毯子,就像贵族的行宫,这种情调很招外国人喜欢,里面总是人头攒动。

丽江如今已经商业化,几乎成为"旅游购物天堂"。

三清殿周围有各式各样的特色小店——卖民族服饰的服装店、卖各种口味牦牛肉的食品店、土陶店、皮具店、牦牛梳专卖店、木刻制品店,还有商店售卖东巴木偶、纳西泥塑、东巴绘画,东巴木盘、纳西窗帘、清溪艺菀。目不暇接,眼花缭乱。

最多的估计就是女人喜欢的饰品店,店内店外挂满琳琅满目的特色饰品,游客们看每一样都爱不释手。古城的银饰最出名,样式独特且价格便宜,只是要大刀阔斧地还价,你开出价格的十分之一来还就没错。

有人说丽江本身就是一条艺术长廊,有人说丽江是纳西文化的橱窗,万物寂静中,可静静聆听丽江独有的杜鹃、山茶在夜色阑珊处绽放的声音,感受纳西古乐和东巴文化,感受民间艺术之中的宗教内涵。

　　在丽江起舞,是为了不辜负岁月,当我们远离喧嚣,但还忐忑冷清的时候,有人说丽江是疗伤的天堂。丽江最美的所在,不在路上的花香,而在下马后的热茶,岁月改变了我们容颜,不变的是丽江的温柔时光。

　　在丽江漫步,是为了看生命的风景。当我们逃遁红尘,沉醉倦鸟栖息归巢时,要知道今生已经是最后一生,无论怎样与丽江长相厮守,无论与丽江如何惊艳,我们之间都将是最后一世相遇,人生再长,不过百年,这一生的岁月,只是我们在这个空间的一场梦幻,丽江,正是这梦幻中的故乡。

乌镇时光

近日,人有些疲惫,不是体力上的,而是心,一种因受到太多阳光直射造成大脑蜷缩而不能突围的疼痛。正好有个机会,于是去了乌镇,没有什么明确的目的,但还是怀着一份湿湿和透明的期冀。

江南的水乡其实大同小异,但乌镇却合了古人韦庄诗句"人人尽说江南好,游人只合江南老"中的意境。去的时候明明是早春,却有千里清秋的感觉。细雨中,游人很少,乌镇的街衢、民居、廊棚、石桥、白墙、乌篷船如同一幅黑白分明的水墨画,像一位卸去浓妆的少妇在午夜的光影中沉思浅眠,我收紧黑色风衣腰带,怕像蝴蝶一样飞起的裙裾划破她静寂的梦乡;还把我踏走在幽深的青石板上的那双紫红色高筒靴脱下来拎在手上,轻轻地赤足前行。冰凉和清冽穿透我的脚板心,我的视线在古镇中一点一点地融化。

人说江南佳丽粉地,钱塘自古繁华,但在乌镇却没看到桃红柳绿和冶红妖翠的情景,也没能感受日出江花

红胜火,春来江水绿如蓝的胜境,只有古宅深院中红帐锦幕的雕花大床和绣梁描金的屋檐在逼仄的天空下诉说着往日的醉生梦死。不过偶尔在弄堂口虚掩的屋子里看到垂垂老妇的两只三寸金莲还是印象鲜活。坐在天井下木椅上的老人大多面孔清秀,年轻时一定都是美女,她们捧着尖尖如粽子一样的脚对我说疼,于是我的心也开始疼,她们从几岁缠脚一直到耄耋之年,快到生命尽头时,还不能摆脱掉这种疼痛,一辈子啊,这是怎样的一种漫长。同为女人,我理解这种疼不仅仅指脚,而是一段即将存封的岁月和生命。

乌镇的水似乎也是静止的,层叠着深深的灰蓝色,不是我想像的"桃花瘦了鳜鱼肥"那种灵动丰饶的水;岸上的红灯笼剪纸一般弱弱地暗淡着,并不圆鼓着应有的喜庆和张力。清冷的寒风穿过丁香花一样的深巷,似乎听到有人在悄悄揾泪,不由得私下胡想:乌镇这位素面朝天的女人是不是因为"当年不肯嫁东风,无端却被秋风误"导致一曲《钗头凤》而幽怨千年啊?

也许乌镇一直在烟雨中苦苦寻觅,但结局也许空茫,因为人世间情为最难,往往是当你明白了什么才是你应该要的情感时,你生命中的一切都已经尘埃落定,时不再来,只好眼睁睁看着这份爱消失在茫茫人海,不免唏嘘一番。

乌镇的染坊和酱铺却给人许多暖意。染坊中的蓝印花布一条条挑在竹架上,瀑布一样直垂下来,飘逸秀丽,我把身子裹了进去,只露出脑袋问别人"好看吗",想像自己成为村姑在小桥流水中采桑喂蚕,煮茶卖鱼,十分快活!酱缸如同带着渔翁蓑笠的孩子般蹲了一园子,让人舌尖生津。乌镇的女人手巧,用蓝印花布和红印花布缝制成各种手工物件,古朴自然,且带着十分的雅。我挑了六只连在一起的小鲤鱼,蓝红相间,手指头一拨弄,活蹦乱跳,如同刚从河里拉出来一般。

乌镇的麦芽糖不是很甜,也不粘牙,放进嘴里绵软生香,我靠在船头随它慢慢地游着,恍惚间,乌镇的烟柳画桥、斜云夕阳、三秋桂子、十里荷花扑

乌镇时光

面而来。细想：虽然乌镇看起来清素而消瘦，寂静而沉稳，但这其实才是她自古天然的模样，是最真实最自然的风景。我们所有的妄加和想像其实是精神上的浮躁，我们，最终面对的是自己的心灵；乌镇，也别为了取悦谁而搞得面目全非、心力交瘁。面对自然，人应该有一份真实的敬畏和膜拜。

离开时，我在湿湿的雨中再次抚摸乌镇，觉得手心手背都很温暖，肩上背了一年的挎包落在雨地上，水珠滚落，我也不想捡，只想就在这种自然随意的地方独自静静地伫立一小会儿，任时光静静流淌。如果还有一点点奢望，那就是能有一只燕子衔着筑巢的春泥飞来。

西施故里

西施原名夷光,是战国时代越国苎罗山施姓樵夫的女儿,因家住西村,所以叫西施。她在中国家喻户晓,主要原因她是个打入敌人内部,以色殉国的大美人。古人品她,统之为沉鱼落雁,闭月羞花,四大美人之首,是否偏颇?没人细究。

传说有一天西施患心口痛。她去浣纱江洗衣服时,因为难受便皱着眉头,用一只手捂着胸口。同村的女人东施看了觉得美,艳羡得不得了,也学着这个姿势扭腰送胯,落得个东施效颦的笑柄。唐朝王维在诗文中写道:"持谢邻家子,效颦安可稀。"于是她与西施齐名,虽然是揶揄了东施的丑,但证明了西施的绝代风华,连心脏病犯了都那么有范儿。

当年,吴王夫差为报杀父之仇,领兵打进越国。越军被打败,越王勾践作了战俘,越国大夫范蠡作为人质跟随越王夫妇到吴国做奴隶。三年以后,吴王夫差放回了勾践夫妇和范蠡,勾践回国以后,卧薪尝胆十年,力图

西施故里

报仇雪耻。他采用范蠡所献美人计,把西施献给吴王夫差。西施凭她倾国倾城之貌和高超的琴棋歌舞,致使吴王日日深宫沉迷酒色,不理朝政,在她的内应下,勾践终于灭吴复国。

几千年过去了,美人早已灰飞烟灭,但她的故里被修建成旅游景区,这个景区位于浙江诸暨市区南侧,依浣纱江逶迤排开,绵延数里,蔚为壮观。中国历代名媛馆、范蠡祠、民俗馆、郑氏宗祠、西施殿等景点在此次第而列,而沉鱼落雁、东施效颦等典故,也能在景区内找到实物,充分展示古越文化和故里风情。

作为西施故里的主体建筑西施殿最早建于古代,唐开成年间著名诗人李商隐曾写下"西子寻遗殿,昭君觅故村"的诗句;稍后,女诗人鱼玄机又有《西施庙》诗。这些是目前能见到的关于西施殿的最早文字。

明代,西子祠曾具相当规模。此后屡兴屡废。现在的西施殿于一九九〇年落成,景区占地五千平方米,由门楼、西施殿、古越台、郑旦亭、碑廊、红粉池、沉鱼池、先贤阁等景点构成。

西施殿内的古建筑构件有很大一部分是从周围四乡的老式民居上拆下收集来的,包括梁、柱、门、窗、牛腿、擎枋、斗拱、雀替等等,这些木、石构件雕刻精美,工艺水平高超。经过设计者的精心搭配,合理利用,无疑大大增强了西施殿的历史文化内涵和观赏价值,使它具有浓厚的地方特色。

范蠡祠面西南背靠金鸡山,气势恢宏,采用清代民间建筑风格,黛瓦粉墙,古朴典雅。主要建筑除"魁星阁"外,屋架及相应构件均从民间整体购买,各种木雕构件琳琅满目,精彩纷呈,充分展示了江南民间建筑艺术特色。

给范蠡建祠应该是在情理之中,要不是他给越王出了"美人计"这么一个馊主意,西施永远只是一个有点姿色的村妇而已。更让人唏嘘的是,据说范蠡当时和西施正在谈恋爱,是男女朋友关系,他居然把热恋中的女友献给国家,理应"流芳千古"。

  不过我私下揣测,西施应该是范蠡红颜知己,在一般情况下,知己近乎生死之交,遇到事情比老婆更加拼命,西施为分担范蠡的忧国忧民,热血沸腾,主动请缨也有可能。

  郑旦亭与西施殿相对,为八角重檐,上层为三叠檐圆顶。内置巨钟,撞之訇然。整座亭角精巧别致。

  一直觉得郑旦亭出现在西施故里景区就有点匪夷所思,开始以为郑姑娘是西施的贴身丫鬟,了解后才知道是和她一起深入虎穴的战友。

  当时和西施一道被越王献给吴王为妃的女人其实有八个,郑旦是其中一个,她和西施同乡同村,一起接受礼仪、琴棋、歌舞的培训,一起临危受命,忍辱负重,以身许国,扮演了使者和间谍的角色迷惑吴王夫差,在公元前四七三年,灭掉了吴国。

  据说郑旦比西施更加漂亮,更加聪慧,更加有才艺,但吴王就好西施这一口,对她没什么兴趣,导致她的为国牺牲精神无法施展,最终在后宫里郁郁而死。

  也许西施故里的乡亲们疼惜这几个女儿,借着西施的光荣事迹也为她们树碑立传,让这些没名分的,一起出征的无名英雄也留下芳名。

  其实,虽然从古至今,在评书、文学作品、民间传说及戏剧中,都把西施作为爱国爱民、勤劳朴实、美丽动人的古代妇女形象广为传颂,特别是把西施塑造成春秋末期吴越关系史上起过重大作用的一位女性,事事渲染,但西施在越王复国之后命运很惨。

  对西施的结局,历来也有不同的说法。一种说法是西施后来被投水杀身,这种说法最早见载于《墨子·亲士》,其中说:"西施之沈,其美也。"这句话的意思说西施是被沉于水中的,她的死是因为她的美丽。

  东汉赵晔所撰《吴越春秋》有关西施的记载说:"吴亡后,越浮西施于江,令随鸱夷以终。"这句话的意思是,吴国灭亡后,越王把西施装在皮袋里沉到江里去了。

── 西施故里 ──

　　还有传说,吴亡后,西施与范蠡一起私奔,这也许是西施最好的归宿吧。

　　文章写到最后,还在绍兴诸暨之间兴冲冲往返,原因是了解西施的死因和结局,一史学专家朋友不忍看我纠结,直接告我,历史上实无西施其人。

　　这些史学专家多么扫兴,顺便几句推敲就把一个传扬了几千年,活色生香、生龙活虎的美女化为乌有。

　　万分沮丧中,没了兴致,灰溜溜打道回府!

细雨中的凤凰

湖南西部，有一个叫凤凰的古城非常出名，主要原因是这里出了大文学家沈从文，沈从文作品中营造出的自然与人性、风情与风俗完美结合的意境，如汨汨春水和静静秋月，充满了唯美而悠长的诗意，带给我们恒定而久远的感动。沈从文的文章使我们相信文学唯有纯情才有力量，那是一种超然物外没有杂念的纯粹的美，那是我们做人做文应该有的淡泊安然。在当今五花八门的文坛上，这尤其重要。

走那方水土，想那方人，来凤凰的游客，据说大多受沈从文《边城》等文章的影响，为的是印证他小说中那些欢乐和眼泪的脉络，甚至寻找那个叫"翠翠"的可爱女孩。所以地处城内中营街10号那座具有明清建筑风格的小巧的四合院——沈从文故居——吸引了很多喜欢沈从文的游客们前来凭吊，院里的罗帐、水缸、竹椅、毛笔、青苔和藤蔓似乎还散发着主人铺纸研墨时的淡淡心

细雨中的凤凰

境。但"翠翠"无疑已在岁月的尘埃中日行渐远,唯有一个叫张兆和的才女因为和沈从文厮守终生而永远惊艳于湘西的历史云烟之间。

沈从文的墓其实没有冢,只有一块五彩石,石头上刻着字句"照我思索,能理解我;照我思索,可认识人",令人向往和钦佩。虽然不能和巨匠相比,但斗胆认为还算同道中人,夜深之时,总是看到他飞奔如电,看到他恢弘的华章像车轮一般碾过我日益懒散的心灵,很久了,我远离了牧歌,远离了鸽哨,远离了清明的细雨,远离了葬花的诗情,远离了把酒问青天的浪漫,远离了西出阳关的悲壮,市俗的东西像杂草一样充填我的心灵,让我变得平庸和浮躁,幸之还有沈从文清新的文章促使我尚有从平庸与浮躁中自拔革新的打算。

如今,在细雨飘飞中面对湘西,面对沈从文故居,望着他曾经穿行其间的凤凰城仍然风姿绰约,仍然清新风范。凤凰的老街——清一色石板铺成,岁月将它打磨得光溜溜的,也把古镇的年轮记录下来。街道两边,染坊、制作银器首饰的作坊和各种土特产的店铺,工艺品店、隔年腊熏猪头、酸辣鱼、各色老字号姜糖店铺和米酒的纯香使人垂涎不已,还有"米豆腐"的担子吆喝着走街串巷。夜晚,大红灯笼高挂,紫烟轻雾缭绕,沱江水环绕逶迤而过,流淌千年。虽然许多年许多年过去了,但你无论是踏步岸上还是浸涉水中,都有恍若置身沈从文作品的某段精彩描写中的错觉,这也许正是他的创作魅力,他带给我们穿越时空直至地老天荒的力量和感动。

凤凰古城最有名的还有那一幢幢古色古香、富有浓郁土家风韵的吊脚楼,特别在回龙潭附近,细脚伶仃的木楼立在河中,托起一段沉沉的历史,该吊脚楼建于清朝和民国,吊脚楼分上下层,属穿斗式木结构,具有鲜明的随地而建特点,吊脚下部分均雕刻,龙头凤珠,上下穿枋承挑悬出的走廊或房间,使之悬垂于河道之上,形成一道独特的风景。沈从文在《凤凰》中就这样写:"落日黄昏之时,站到那个巍然独在万山环绕的孤城高

处,眺望那些远近残毁碉堡,还可依稀想见当时角鼓火炬传警告急的光景。"

直至今日,文章中的角鼓火炬传警告急的光景已经模糊,但这块土地依然因为沈从文而辉煌,我渴望我的写作情愫中也有一个沈从文的湘西。

喀什风情

喀什风情

人们常说"不到喀什，不算到新疆"，这话一点不假。在乌鲁木齐，大街上来来往往的基本上是汉族人，城市建筑也和内地大中城市的相差无几，如果不是一些商店的招牌上写有维吾尔文字，一点也感觉不到是在新疆。

但是一到喀什，浓郁的民族风情就扑面而来，满街全是维吾尔人，男的戴着小花帽，身着阿凡提穿的那种长衫；女的大都穿着自制的、独具南疆特色、色彩对比强烈的艾德莱丝绸连衣裙，甚至还有许多从头到脚遮着面纱看不见面孔的维吾尔族妇女款款而过。最有特点的是那些留着一把胡子，赶着马车、驴车的维吾尔族老汉，他们的形象极其生动，几乎每个人都可以做画家笔下的模特儿。

古代的喀什人把他们的城市建筑在吐曼河和克孜勒河冲积起来的一片台地上，围绕着艾提尕尔清真寺周围形成市集。在这些历史久远的区域，可以看到许多用几何图案和花草纹图案装饰的民居；也会见到许多曲折

如迷宫的街巷,街巷的顶上又有许多跨越街巷两侧的过街楼。在这些老街上,有独特的店铺和商业摊点,卖者与买者用古老的方式进行交易。沿街还有数不清的风味小吃——烤羊肉串、手抓饭、拉条子、凉粉拌辣萝卜丝、各种各样的馕。在喀什街头,卖鲜牛奶、鲜羊奶和酸奶的特别多,因为新疆盛产牛羊,所以绝不会有兑水的假货,大都是当天挤下来的新鲜牛羊奶,雪白浓稠,清香鲜美。

喀什有闻名于世的"中西亚国际贸易市场",里面交易的有阿克苏的大米、伊犁的马、阿拉伯的宝石、巴基斯坦的手工冷轧铜器、土耳其的金丝头巾、英吉沙的刀、维吾尔族的花帽皮帽、南疆的干果、酱果等。

如此壮观的贸易市场很早就有了,当地人把它叫作"巴扎"。追溯历史,喀什古称疏勒,疏勒国是公元前三世纪已经存在的西域三十六国之一。唐朝时期,是唐朝的中央政权管理西域的重要支点;宋代,这里是喀喇汗王朝的京都;十三世纪以后到十七八世纪,喀什又是蒙古族政权在南疆的重要统治中心;清乾隆二十四年,清政府统一新疆,这里一直是清朝中央政府统辖南疆各地的军事、政治中心。

由于"丝绸之路"的关系,喀什在中国和其他许多地方早已闻名遐迩,历史学家认为这座城市是中国最早的国际性商业城市,在"丝绸之路"通行的年代,喀什对东方和欧洲之间的经济、文化交流发挥过极其重要的作用。

喀什地处"丝绸之路"北道上的要冲,北有天山,西限帕米尔,从喀什到阿富汗或巴基斯坦只有两百英里,是中国古代通向北印度、波斯、里海沿岸和欧洲的咽喉,也是欧洲、中亚、西亚、印度次大陆北部等地居民前来中国的必经之路。马可·波罗探险的脚步就在喀什停留,可以想像,载满丝绸、货物的驼队缓缓穿过宽广的沙漠和迷人的绿洲,途经喀什这个古老的贸易村落时的宏伟场面。毫无疑问,在"商胡客贩,日款塞下"的时代,在关中长安是世界最大的国际城市的年代,作为中国最西的要冲喀什,必定是货积如山,客商云集。

喀什风情

虽然年年岁岁,不知道多少个朝代过去,喀什仍然保留维吾尔民族最古老的风俗习惯、最正宗的民族文化和语言,十分难得的是,目前所有的民居建筑、街衢布局都还完完全全体现古代城镇的风貌。

漫步喀什街头,看着周围全是被马可·波罗描绘为"南欧人"的仿佛异国情调的维吾尔民族;望着近似废墟的旧城堡和原始古朴的民居以及人声鼎沸的巴扎,你会恍惚历史在这一刻停止,仿佛置身于丝绸之路的驼队中,忍着干渴和烈日跋涉在苍凉无边、黄沙弥漫的茫茫戈壁沙漠上,前方是巨大的沙脊掩盖着的长长的地平线,那里有一颗美丽而沧桑的落日,它正沿着历史的足迹又将缓缓升起,它将用它的光芒永远照耀这片古老而神秘的土地。

香妃墓随笔

前几日去新疆,到了乌鲁木齐以后,同行的好多朋友去了喀拉斯,但我和海龟却买了前往距离乌鲁木齐一千四百公里的喀什的飞机票,直飞南疆。

喀什吸引我的主要原因是那里有一座"香妃墓"。这位出生在边疆小城的二十六岁"大龄女青年",没有经过正常的选妃途径,居然入选清宫,备受乾隆皇帝的宠幸,成为清朝历史上唯一的维吾尔族妃子——容妃。在她病逝以后,传说其家族派人处理了她的遗体,然后千里跋涉把她运回新疆,按照维吾尔族习惯安葬。

一九一四年,故宫古物陈列所从沈阳故宫和承德避暑山庄调来一批文物进行展览,其中有一幅年轻女子的像。据传该画背面有说明文字指出:"香妃者,回部王妃也。美姿色,生而体有异香,不假熏沐,国人号之曰香妃。"从此,香妃之名大震。

从喀什到北京;从生到死;从离开家乡到回归故土,香妃的一生充满浪漫和文学的色彩。

香妃墓随笔

香妃墓实际上叫阿帕克霍加麻扎，是一处具有伊斯兰教建筑风格的古建筑群。坐落在喀什市东北郊约五公里处的浩罕春，占地面积三十亩，始建于一六四〇年，因墓内葬有明末清初喀什著名伊斯兰教"依禅派"大师阿帕克霍加而得名。其中还葬有阿帕克霍加的父亲玉素甫等五代霍加，共计七十二人。香妃原名伊帕尔罕，为阿帕克霍加的重侄孙，也葬于此，因为她的故事广为流传，所以"香妃墓"为更多人所知。

陵墓由门楼、小礼拜寺、大礼拜寺、教经堂和主墓室五部分组成。正门门楼美观华丽，两侧有高大的砖砌圆柱和门墙，表面镶着蓝底白花琉璃砖。与门楼西墙紧连的是一座小清真寺，前有彩绘天棚覆顶的高台，后有祈祷室。陵园内西面是一座大清真寺，正北是一座穹隆顶的教经堂。主墓室在陵园东部，是这处建筑群之冠，也是新疆最庞大精美的陵墓。陵墓四角各立一座半嵌在墙内的巨大砖砌圆柱，柱顶各建一座精雕细刻的"邦克楼"，楼顶各有一根铁柱，高擎着一弯新月，这是伊斯兰的标志。墓室四周的墙上，全用绿色琉璃砖贴面，间以黄、蓝二色瓷砖，瓷砖表面绘有彩色图案，有的还有阿拉伯文警句。墓室内部的墓台上，排列着大小不等几十个坟丘，坟丘表面一律用白底蓝花琉璃砖贴面，显得晶莹素洁。

看着香妃的墓，想香妃的一生，觉得她还是很幸福的。

雍正十二年九月十五日，香妃诞生在新疆和卓族的一个家庭。和卓族是世居叶尔羌的维吾尔族始祖派噶木巴尔的后裔，其族称为和卓，所以香妃又叫和卓氏。哥哥为第二十九世回部台吉（贵族首领）图尔都。乾隆二十年五月，清军进军伊犁，二次平定准噶尔叛乱，图尔都台吉等不愿归附分裂的部落，配合清军，于乾隆二十四年，彻底平息了大、小和卓木的叛乱。乾隆二十五年，图尔都等五户助战有功的和卓，霍集斯等三户在平乱中立功的南疆维吾尔上层人士，应召陆续来到北京，拜见高宗皇帝。乾隆令他们在京居住，派使者接他们的家眷来京，封图尔都等为一等台吉。图尔都二十七岁的妹妹也被选入宫，册封为和贵人即香妃。显然，这是乾隆皇帝

统一新疆后,实行"因俗而制"的政治需要,即政治联姻。

虽然香妃进京缘于政治,但她入宫时带来祥瑞从南方移栽到宫内的荔枝树竟结出两百多颗荔枝,很得皇上的青睐,也很受皇太后的喜爱。称为"贵人",过了两年,册封为"容嫔"。五年之后,又晋封为"容妃"。

那时嫔妃都有定额,嫔是四名,妃是六名。再往上便是贵妃两名,皇妃一名,非满洲贵族出身者是无法跻身于这一高位的,就是说,这位来自新疆的维吾尔族女子,已经到达她可能到达的人生顶点。乾隆三十一年,乌喇那拉氏皇后亡故,乾隆声称不再立后;乾隆四十年,皇贵妃又病死,因此,到这个时候,容妃在乾隆的众多后妃中已处于举足轻重的地位。乾隆四十六年正月十五日,皇帝在圆明园奉三无私殿设宴会餐,容妃已占据西边头桌的首位,到同年十二月乾清宫大宴,容妃又升格到东边坐桌的第二位。这时,容妃已四十八岁,到了地位与殊荣的顶峰。乾隆五十三年四月十九日,容妃离世,享年五十五岁。

在宫中的数年,香妃备受乾隆宠幸,还是乾隆的维语老师。乾隆非常尊重香妃的宗教信仰和生活习惯,宫廷里有专门的穆斯林厨师替"香妃"制作各种清真饮食;还有专门的裁缝替香妃缝制民族服装,香妃甚至还陪乾隆去泰山,去热河行宫,在当时嫔妃中,陪着皇帝从东北到江南漫游过半壁大好河山的可能就是香妃一人。

乾隆曾赐给香妃"宝月楼",还为此写了许多诗,其中一句"广寒乍拟是瑶池",一度被许多文人墨客诠释为香妃的内心仍然是寂寞的,就像月宫里的嫦娥。香妃是否寂寞,无法考证,但思乡之情应该是有的,好在她最终安息在出生的土地上,这永远的宁静和平和远比她当年的繁华和富贵来得永恒。

也有人说香妃的遗体其实并未运回喀什,乾隆向世人撒了一个弥天大谎。

有史书记载,香妃病逝,年届八十的乾隆老泪纵横,也曾生出将香妃的

香妃墓随笔

遗体送回喀什安葬的念头,但有悖于大清祖传皇规。按规定,满清的后妃只能葬于皇家的东陵后妃园寝中,绝不准移送原籍。乾隆陷入"两难",在惆怅百结之中,忽地茅塞顿开,香妃,何不在名字上作文章。一个万全之策应运而生。他命令雕工匠仿照香妃生前的体型相貌加工了一个与真香妃一模一样的"香妃"。全身裹以白布,只留出面部以便香妃家人瞻仰吊唁。这居然蒙过一大家族人。此时被册封为辅国公的香妃的哥哥图尔都亦已去世,乾隆便传旨将其兄妹俩一真一假的遗体同时迁葬喀什,由香妃的家人护送灵柩回新疆。

一百多号人的抬尸队伍,历经半年的艰难跋涉终于到达目的地。香妃的亲人们查看了香妃和她哥哥的遗体面容,确认无误后即刻下葬入穴。其实香妃的遗体早已隐秘地葬在清东陵,那个檀香木雕制的假香妃却登堂入室地埋进祖先阿帕克霍加的墓之内,由此人们只记住香妃和香妃墓,而不去考究墓地的真实性。

如果真是这样,香妃只能算是魂归故里。

古兰丹姆的河

此河,似乎与我相隔沧海桑田那么远。经常无眠,想用凌乱的文字涂抹那河上金色的霞光。梦中,那落下的夕阳,岸边的浆果,绿色的葡萄,奔腾的冰凌,热情的热瓦普,都是我心中的诗篇。于是念想,于是寻觅,于是牵挂。但最初的河,如此远,多少爱的文字在等待的流年里蹒跚。

我想像着那条河边就一个蒙着面纱的女人,一个美丽的维吾尔或者哈萨克女人,她的名字叫古兰丹姆。她梳着无数根乌黑的辫子,辫子上插着白色的羽毛,羽毛上缀着红色和绿色的宝石,一条五彩的纱裙云一样拥着她行走着,歌唱着,舞蹈着,天山南北为之陶醉。我想靠近她,我想拥抱她,我想掀开她的盖头,看看她倾国倾城的面容,请她在河边跳一曲《我们新疆好地方》。

这条河就是额尔齐斯河,它经过哈巴河境内流至哈萨克斯坦,是我国唯一流入北冰洋的河流。河谷宽广,水势浩荡。水量仅次于伊犁河,位居新疆第二。这里碧

古兰丹姆的河

水茫茫,水草丛生,阡陌相连,绿树成荫。河谷两岸分布着新疆特有的银灰杨、胡杨、沙枣、野山楂、爬地松、梭梭、白桦。额尔齐斯河流域风景十分优美,四季入画,至今保持着原始的风貌,呈现出无限的自然的魅力。

我国西北最大的天然生长白桦林带就在支流哈巴河两岸。有许多人爱用亭亭玉立来形容白桦,我以为他们一定只是看见少量的白桦才这样描绘。

我始终认为白桦树是雄性的树,他具备成熟男人的性感和绅士风度。白色的树干健康而伟岸,就像男人的胸脯和身躯,金色的树叶就像男人的成就和魅力,当它们连成片蜿蜒几十公里像一个军团的时候,那种逼人的阳刚之气令天底下所有女人倾倒。

不信你看,秋风习习的时候,只有在白桦林里,才有那么多鲜艳茂盛的野花,无数美丽的蝴蝶和蜜蜂随着金黄的落叶飞舞。

沿着那条白色的小河,白桦树质朴高贵的气息让我晕眩,我在那片林子里徜徉了很久,一直到黄昏,黄昏的夕阳把树叶染成血红,晚霞中,每一棵树都变成一个个英俊王子,如果萨克斯奏响,应该就是一首来自天外的动人的圆舞曲;如果浓墨重彩,应该就是巴黎卢浮宫里一幅镶金边的油画。

额尔齐斯河畔还有一处神奇的湖,叫白沙湖。神奇之处在于它被沙漠环绕,周围并无任何进水道。沙漠中独生一池深水,就像从天上掉下来的蓝宝石。经考证可能为断裂湖,由地下水渗出汇聚而成。湖边高大茂密的银灰杨、白杨、白桦混生,湖水四周环生密密丛丛的芦苇、菖蒲等水生植物。因为车不能进去,我们进到它的面前要走很长一段沙地,直到腰酸腿软才一睹其娇羞的芳容。

白沙湖湖深十二米,湖水湛蓝明亮,在太阳光的照射下,整个湖泊像镜片折射一样艳光四射,不断变换着五彩的色泽,如梦如幻。因为水清,湖边群树的倒影很像美女在湖里洗浴。

如果把喀纳斯的月亮湾等比喻为天界的高贵公主,白沙湖则应该算白

云中的俊俏仙女,因为她来去无踪,回眸间闭月羞花。

　　真的很奇怪,白沙湖周围的风景非常一般,就独独一个白沙湖倾国倾城。强烈的反差让我对大自然的鬼斧神工无可奈何以外,还百思不得其解。

　　也可能正因为白沙湖一直没寻到心仪的爱人,所以"小姑独处"多年,多少有些虽然"春色年年依旧,但此情不及墙东柳,只好日日东流,剩得美人清瘦"。所以我们关注她时都格外深情,为她的孤独,为她的坚守,为她的美丽,为她的温柔。

　　额尔齐斯河流域还有南湾、鸣沙山、中哈界河、阿黑吐别克口岸、阿克齐大草甸等景点,都是如诗如画,美不胜收。

今夜我在德令哈

姐姐,今夜我在德令哈,夜色笼罩
姐姐,我今夜只有戈壁
草原尽头我两手空空
悲痛时握不住一颗泪滴
姐姐,今夜我在德令哈
这是雨水中一座荒凉的城
除了那些路过的和居住的
德令哈……今夜
这是唯一的,最后的,抒情。
这是唯一的,最后的,草原。
我把石头还给石头
让胜利的胜利
今夜青稞只属于他自己
一切都在生长
今夜我只有美丽的戈壁空空
姐姐,今夜我不关心人类,我只想你。

  这是当代著名诗人海子的诗。所有读过这首诗的人心灵都会受到强烈的震撼，仿佛置身于那晚的风雨飘摇中，感受着诗人内心的伤感无助和深深的孤独。

  后来又听到刀郎的歌《德令哈一夜》，好像是海子诗歌的注释——"不敢轻易去碰刚愈合的痛，再忍一忍，你再等一等．是谁把我昨夜的泪水全装进酒杯，是否能用这短短的一夜把痛化做无悔．毕竟泪不是飘落在窗外无心的雨水，却要被打碎，就会随风飞．谁在窗外流泪，流的我心碎．雨打窗听来这样的伤悲，刹那间拥抱你给我的美，尽管准备了千万种面对，谁曾想会这样心碎．谁在窗外流泪，流得我心碎．情路上一朵雨打的玫瑰，凋零在爱与恨的负累，就让痛与悲哀与伤化做雨水，随风飘飞"。

  德令哈在哪里，为什么让歌者发出如此苍凉的声音；为什么让诗人产生灵魂救赎般的悲恸。

  那是一座怎样"最后抒情"的城，会有人为了爱而心碎，会为了情而伤悲？为此，我为此一直惦记着这个德令哈。

  终于有机会去西宁，挤了挤时间，下决心坐火车去德令哈，以解相思。

  德令哈距离西宁五百公里，要坐好多个小时，夜色朦胧，伤感满怀。幸好一路上有一个美丽的旅伴说和我一见如故，自顾自地滔滔不绝，她说她原来是旅行社的导游，现在自己干，刚开了一个旅游网站，问我是取名为"千年戈壁如同你不老的容颜"，还是"抒情的青稞只为最后的草原"？

  我说都行！虽然有些不通，但感觉还都优美，而且好些句子来自海子的《德令哈》，我喜欢！

  此妞豪爽、热情、漂亮，虽然基本上在祖国的西部厮混，遭受烈日枯水煎烤，崎岖路途跋涉，但一头秀发，眼眸如漆，鼻梁高挺，皮肤白得像糯米一样，可能是过去工作的习惯，总戴着一顶类似"西部牛仔"的宽檐帽，我怀疑她是回族，她不否认也未承认。在她的口若悬河中，把德令哈的地理文化，东西南北基本给我灌输了一遍。

今夜我在德令哈

从这个专业导游的嘴里,我知道了德令哈市是青海省海西蒙古族藏族自治州首府所在地,是全州政治、经济、文化的中心,也是青海西部重要的交通枢纽和商品集散地,东距省会西宁,西南距格尔木市。市区海拔二千九百八十米,共有蒙古、藏、回、撒拉、土、汉等十九个民族,蒙古族为主体少数民族。

我原以为德令哈很偏僻,很荒凉,是个兔子都不拉屎的地方,犹如世界的尽头。其实不然。青藏铁路、青新公路就横穿德令哈全境,就是说只要坐火车去西藏,在某段路途你就已经抵达德令哈温热的腹地了,也许车窗外的那只一闪而过的藏羚羊就是德令哈的。德令哈的东西南北,经纬如网,可东进省会西宁,西上新疆,北连河西走廊,南下西藏,交通便利。境内山川湖盆兼有、草场农田密布。据记载,早在商周时期,古羌人就在这块风水宝地上辛勤耕作、繁衍生息,之后又成为蒙古族、藏族先民们农牧兼营、放牧耕作的美丽家园。

一九八八年德令哈市撤镇建市,经过全市各族人民的辛勤努力,一座高原新城巍然屹立于八百里瀚海戈壁上。

德令哈城市不大,人不多,但颇显繁华,而且五星级酒店也不少,路上认识的"西部牛仔"带我去市区吃手抓羊肉,喝酥油茶,味道就不说了,想起都流口水。

德令哈有多处奇特的旅游景点,古柏蓊翳的柏树山,碧波粼粼的黑石山水库,神秘的"外星人遗址",古老的怀头他拉岩画,一咸一淡、生态各异、遥相连接、神韵悠长的"褡裢湖"——托素湖和可鲁克湖特色旅游区吸引着来自四面八方的游客。

我住的房间远处似乎就是戈壁,依稀也能听到可鲁克湖的水声和草原的风,我想对海子说:今夜,我也在德令哈。

想当年一位青年诗人在青藏高原一座偏僻小城写下一首抒情短诗,经年中,许多作家、诗人、评论家不远千里万里,络绎不绝地来到小城。这个关于诗歌的故事,使德令哈名声大噪,已无荒凉偏远之嫌,这是死去的海子无论如何想不到的。

海子所写的诗歌名为《日记》,写作时间是一九八八年七月下旬,通过《日记》这首诗,诗人海子与人们印象中遥远、荒凉而具神秘感的小城德令哈紧紧联系在一起,德令哈因此进入中国当代诗歌史,成为地标般的意象符号,为许许多多热爱海子诗歌及中国当代诗歌的人所熟知。没有海子,没有海子写下的这首《日记》,德令哈这座城市恐怕会永远湮没无闻,不为外人所知吧。

一个诗人与一座城市相遇,两者互相激发与成全,最终成就一首经典的情诗。海子因为遇到德令哈,成了一个有故事的诗人;德令哈因为遇到海子,成了一座饱含着诗意文化内涵的城市。

如今,德令哈这三个字充满诗性的光辉。

回去的路上,我突然想:海子这首诗已被誉为爱情诗,那他的深刻孤独其实是对爱情的渴望,这里面一定有一个伤感而动人的故事,那么,姐姐,你还在此生最后一世的荒凉中,举着一把丁香色的油纸伞,等待海子的归来,泪眼迷离吗?

烟花扬州

烟花扬州

去不去扬州？当时因为有其他急事，有些犹豫。

但最终还是抵挡不住李白"烟花三月下扬州"的诱惑，想那多次到过扬州、见过无数仙山城郭的李白，即使远在武昌黄鹤楼头送友人孟浩然坐船去扬州时，还对烟花三月的扬州念念不忘，心向神往；还有以"孤篇压倒全唐"的《春江花月夜》作者，扬州人张若虚笔下的江南月夜，人如画中，烟雨朦胧、水色天青，说到底都应该都是扬州的情愫吧。

扬州三月的烟花，到底是怎样一幅浓艳的模样？搞得心痒，于是把手里的事情打包，搁在角落，直奔扬州。

古城扬州的名称，最早见于《尚书·禹贡》"淮海维扬州"。其由来是因"州界多水，水扬波"，遂以"扬"为州名。扬州建城始于二千四百余年前的春秋时期，历来被文人墨客所青睐。虽然当年的烟花柳巷、歌舞升平早已淡去，但那处处的神韵是依然姿态万千的。

比如春秋时代的运河，汉代广陵王的墓，南北朝的

古刹大明寺,隋代迷宫、隋炀帝陵、唐城遗址,宋元时期的普哈丁墓、仙鹤寺、平山堂以及明清时期的楼、台、亭、阁、园林。

"故人西辞黄鹤楼,烟花三月下扬州"等等,许多的唐诗宋词平添了扬州这座古城名邑的无限风韵。

去扬州,不仅为了美景养眼,更是想起《红楼梦》第二回"贾夫人仙逝扬州城 冷子兴演说荣国府"中的几个重要人物的出场,好像和扬州颇有些渊源。而且"红迷"们还有林黛玉是苏州人还是扬州人之争。

当时贾雨村被革职后,觉得脸面不好看,就担风袖月,出外旅游,第一站去了扬州,那时称维扬。没想到得了重感冒,病在旅店,医了个把月,钞票没了,找地方打工,幸有两个旧友,告知一市委干部急着为女儿找家教,待遇从优,觉得贾雨村条件相当符合,鼎力推荐,贾雨村前往应聘,立刻被录取。

这家户主叫林如海,乃是前科的探花,籍贯姑苏,今钦点出为巡盐御史,到任方一月有余。林祖上系钟鼎之家,书香之族,但人丁不旺。到林如海这一辈,独生子女,单传,没有嫡亲兄弟姐妹。已经四十多岁了,只有一个三岁之子,偏又于去年死了,虽有几房姬妾,也无子女。今只有贾母的女儿嫡妻贾氏,生得一女,年方五岁,她就是《红楼梦》中的女一号林黛玉。

贾雨村开始单独辅导林黛玉,但这女学生年龄属于幼儿园大班,身体弱,不能太过努力,功课也就打一天渔晒一天网。没有中考或初考的压力,贾雨村十分省心,整日悠哉乐哉!谁知一年后女学生的妈贾氏夫人一疾而终,女学生哀痛过伤,触犯旧症,连日不能上学。贾雨村闲居无聊,每当风日晴和,饭后便出来闲步,偶至野外"智通寺",遇见冷子兴,引出他的一番即兴演讲,这才有了《红楼梦》的开篇大纲。

此段落也证明林黛玉乃姑苏人士,扬州籍是因为五岁时随父母调动到扬州所误。但母亲贾敏病逝在扬州以后,此地对于后来寄人篱下的林黛玉可能也成为心灵的故土。

烟花扬州

再有,一提到"烟花三月下扬州",很多人会想到隋炀帝的骄奢淫逸,有钱就任性,其实这是一桩历史冤案。

西元五八九年,年仅二十岁的杨广被拜为隋朝兵马都讨大元帅,统领五十一万大军南下向陈朝发动进攻,完成中国一统。开皇十年,南陈旧地的一些地方爆发大规模的叛乱时,杨广被任命为江南的总管,驻营江都(今扬州),平定叛乱。

当皇帝后,他修通运河,将钱塘江、长江、淮河、黄河、海河连接起来,工程之浩大,利益子孙后代。他开拓疆土,打通了丝绸之路,阻止拖延了契丹的崛起强大。他西行出巡,到达河西走廊的张掖郡,足迹遍布西海、河源、鄯善、且末四郡,进一步促成了甘肃、青海、新疆等大西北成为中国不可分割的一部分。

我国科举制度正式诞生,也是杨广的一大创举,隋文帝即位以后,废除九品中正制,开始采用分科考试的方式选拔官员。隋炀帝时,正式设立进士科。那时的进士科以考政论文章为主,选择"文才秀美"的人才,其意义深远,不但大大加强了中央集权,而且有利于政局的稳定。政局稳定后,隋文帝建立天朝体系,天朝体系的建立,可以说是影响中原王朝一千五百余年,直至清廷甲午战争的失败。

不过这样一位战功显赫的皇帝,死后竟然连一个像样的棺材都没有,栖身之地不足半亩,原因只有一个,隋朝是在自己手里灭亡的,亡国之君谈何美名,就更别提什么厚葬了,以至于他的墓地近年才被国家发现和确认。

当然,历史归历史,名著归名著,扬州归扬州,瘦西湖是一定要去的。

瘦西湖是十里扬州的旧址,有长堤、徐园、小金山、吹台、月观、五亭桥、凫庄、白塔等名胜。湖区利用桥、岛、堤、岸的划分,使狭长湖面形成层次分明、曲折多变的山水园林景观。这一切,都好像是依着这瘦西湖的碧波铺设的。西湖之所以曰"瘦",一指其长湖如绳,二指其清俏绰约之美。

在船上漫游,感觉细柳轻斜,随风撩拨湖面,淡淡飞絮,琼花万点,有残

红飘落河边,暗香浮动。画舫清荡,玉桥横卧,楼台亭阁依次铺开,如珠串一般,而这串珠的丝线,就是瘦西湖的水了。

沿着瘦西湖边的小径一步一叹,如同行走在一幅中国水墨写意画和历代文人骚客的诗句中。

个园坐落于扬州市郊的东关街,前身是清初的寿芝园。嘉庆、道光年间,两淮盐商黄至筠购得此园并加以改建,因种竹多,得名"个园",其意有挺直不弯,虚心向上之意。

"扬州以名园胜,名园以叠石胜"。个园是以竹石为主体,以分峰用石为特色的城市山林,相传出于康熙年间著名画家石涛之手。前人谓"掇山由绘事而来",在似与不似之间,引人无限遐想。园内山峰挺拔,气势磅礴,给人以假山真味之感。园中有宜雨轩、抱山楼、拂云亭、住秋阁、透月轩等建筑,与假山水池交相辉映,配以古树名木,更显古朴典雅。

何园,原名"寄啸山庄",是清代同治元年,湖北道台何芷舰离任后归隐扬州,购得"片石山房"旧址进行扩建,历时十三年而建成的一座大型住宅园林。建成后,取陶渊明《归去来辞》中"倚南窗以寄傲,登东皋以舒啸"的意境,题名为"寄啸山庄",又因为园主人姓何,故俗称何家花园,简称"何园"。

东关街全长一千一百二十二米,位于古城扬州的东北角,因为街道由西向东直抵东关城门,或者说直抵东关古渡,故名东关街。原街道路面为长条板石铺设。古代为扬州水陆交通要冲,而且是扬州商业、手工业和宗教文化中心。现在为购物小吃游玩一条街。

傍晚,一行人吃了扬州炒饭,选了几把古色古香的绢扇,去胭脂店买些当年烟花女子用过的香喷喷、水嫩嫩、人工熬磨的唇膏和蜜粉,坐在黄包车上穿街过巷,一车只能坐一人,于是一溜儿叮当作响,都听老车夫一路讲古,老车夫讲得兴起,干脆把我们拉到运河边。

下车驻足,只见暮色中,处处波光流动,冷月无声,箫声轻吟,烟花无

烟花扬州

边。运河远处有一条大船,画栋雕梁,红窗绣帘,船行得慢,不免让人遐想,里面坐着的是到金陵投奔外婆的林黛玉;还是刚和李白辞别的孟浩然;再或是亡国之君杨广迎娶爱妃的花船?

没人回答,只有水声,只有一个长江天际流。

如歌的行板

　　从喀纳斯回来,心里一直不能平静,我只希望人类和喀纳斯有一个永永远远的约定,就像一个爱情的忠贞承诺——在天比翼,在地连理,天上人间,不离不弃!

　　喀纳斯系蒙古语,意指"美丽而神秘的湖",它是西伯利亚泰加林在中国唯一的延伸带,是中国唯一的北冰洋水系,是中国蒙古族图瓦人唯一的聚居地,是亚洲唯一具有瑞士风光特色的自然景观区,是人类农耕文明之前游牧文化的活博物馆。正如一位联合国环保官员说的:"这里是地球上最后一块未被开发的人类栖息地。"

　　从乌鲁木齐坐车到布尔津县,足足跑了十几个小时,从布尔津到喀纳斯,又是几个小时,路途的遥远并未让我们感到太疲惫,因为精神一直异常地亢奋着,尤其在接近目的地的那分分秒秒里。沿途的风光其实已经很美了,但临近喀纳斯附近一百公里左右突然又拉开一道无与伦比的壮美画布,色彩一下子强烈和跃动起来,路上出现"人间净土,美丽天堂"的指示牌,我们不由自

如歌的行板

主地屏住呼吸。尤其是我，因为我对喀纳斯一直心存"内疚"。

前几年我就来过新疆，因为时间关系，朋友说南疆和北疆只能选其一，那真是一个痛苦的选择啊，最后我还是奔喀什而去，但喀纳斯让我留下无比强烈的牵挂。

快到了，所有的景色拔地而起，直冲霄汉，雪山变得清晰俊朗，草原变得婀娜多情，湖泊发出宝石般的光泽，冰川闪烁，森林轰鸣，雪白的太阳一尘不染，从远古走来的浓郁而神秘的霞光在这里像瀑布一样流出奔涌着涂抹大地。风声四起，冷冷地刮过我的脸颊，但我的心瞬间热了起来，窒息中久远的、陌生的然而又亲切的祖先牧歌在我的耳畔响起，至高无上的另一个世界的帝国无比辉煌地呈现在美丽的雪山草原之间。

尘世的一切离我远去，我好像看见上辈子降生的摇篮，只有一首歌在我心里悄悄萦绕："永远的青山，永远的绿水，只有我和你，我的喀纳斯——"

喀纳斯里著名的景点有喀纳斯湖、卧龙湾、月亮湾、神仙湾、观鱼亭，景色美到极致，非笔墨可以形容，只要看上一眼，你的魂魄就被它夺去，这一生你想忘都忘不掉。

记得还未进到卧龙湾的时候，实际上还是在喀纳斯的外围，一大片金黄的白桦林之后，突然一片冷杉、云杉、落叶松、五针松扑入眼帘，上面是蓝天，下面是绿水，这些树就像一幅巨大的油画挂在中间，从来没见过的流光溢彩，从来没见过的超凡脱俗，从来没见过的色彩盛宴，如梦如幻，如痴如醉，这哪是人间的树啊，简直就是梦中的瑶池，西方极乐世界的仙境。

当时我整个人完全傻了，我想，我一辈子都会为它疯狂。其实这些自然风貌我在电视和图片里看过无数，但只有到了它的跟前，你才知道过去你看过的那些电视、那些图片多么苍白，多么浅薄，因为电视和图片根本无法表现出它们的面目，我自己拍的照片，冲洗出来也是面目全非，在照片上你只能看到它们的"形"，看不到它们的"魂"，那种震撼我们心灵的神韵和

美,实际上是生命的高尚和壮美,只有拥抱它们,融入它的环抱,化成浪花、树叶和雨滴,你才能切身体会,真正是今生来世无法形容,无法抵御,两个字——"天堂"!

观鱼亭很难上,向上爬的时候,一直很恐惧,我很怕我真的看见那条著名的红鱼,因为我希望她安静地带着她的儿孙永远游弋在那湖深水里不被打扰,过着自由自在的生活,因为那是她生存的家园。

按照约定,我拨通了朋友的手机,把手机贴在湖面然后告诉他们:听吧,喀纳斯湖的水声、红鱼们的呼吸声,湖水荡漾,千古柔情——他们惊呼一声,接着长时间的寂静。那一刻,我相信他们和我一样都忍不住落下泪来。

喀纳斯湖面海拔一千三百七十米左右,最深处一百八十八点五米,翻开世界地图,你会发现它居然处在地球最大板块亚欧大陆的中心部位,它的周围是人烟稀少,人迹罕至的大沙漠、大草原、大森林和大雪山,有了这些天然屏障的保护,它才保存着那份原始的纯净和唯美。

于是我顿悟:为什么我们周围没有"喀纳斯",因为离人类太近,所有"喀纳斯"都消失了,所以我祝福这个遥远的喀纳斯离我们再远一些再远一些,我不怕"西出阳关"的悲壮,也不怕千里冰川的艰难跋涉,只希望大自然永远是我们真正的家园!

图瓦人的白巴哈

图瓦人的白巴哈

这几年,到喀纳斯的游客越来越多,但早些时候许多人并不知道喀纳斯还有一个"后花园"——白巴哈景区,如果说喀纳斯是古朴的世外桃源,那白巴哈就是原始自然环境中的童话世界。白巴哈拥有中国和世界都少见的人间净土和神奇风光,具有很强的神秘色彩,其自然景观可与喀纳斯比美。随着白巴哈越来越引起世人的关注,前去喀纳斯的游客若不到白巴哈村一游,会是终身的遗憾。

白巴哈被称为"中国西部第一村",地处中国版图最西北角哈巴河县铁热克提乡境内,位于中国与哈萨克斯坦接壤的界河——哈巴河畔,它是一个幽静美丽的小山村,远离尘嚣,长久保持着古朴醇厚的民俗风情。

我们从喀纳斯包了一辆越野车前往,司机是位哈萨克族的小伙子,叫阿尔肯,路程三个多小时,沿途坎坷艰险,只有吉普车可以开过去,但即使是吉普车,也只能"跳跃"着前进。在我们被颠得一上一下的尖叫声中,阿

尔肯表现出十分高超的车技。

　　从喀纳斯到白巴哈，沿途的风光呈现出辽阔高远的韵致，视线所及极其博大通透，非常壮观，非常迷人。蓝天很高很远，远方白雪覆盖的阿尔泰皑皑山峰，悠长起伏的山峦，遥远的冰川，开阔的森林，宽广的河流，河水清澈湍急，白色的树干笔直挺立，褐红色的戈壁和草甸，远处的吊桥和尖顶木屋在白雪黄树的映照下风情万种。我突然有一种到国外的感觉，因为无论从哪个角度看，这里任何一处景点都十分像北欧那些国家发行的经典风光明信片，所以有人把它们和瑞士的风光相提并论，称为东方的瑞士，真的一点也不夸张。而且这一路比在喀纳斯体现得更充分。由于偏远，完完全全的自然风光，我约莫很多地方可能还没有人的脚印踩过。它那横空独立、亘古永恒、傲然从容、超凡脱俗、高贵典雅的气质令人热血喷涌，一路我都充满着发自肺腑的感动。

　　当时我很想吹一声口哨，变成一只大鸟，缓缓而深情地飞入它的纵深，不再回头。

　　白巴哈是一个保持着几百年固有原始风貌的村落，居住着信奉喇嘛教的蒙古族支系——图瓦人。他们以放牧和狩猎为生，他们有自己的语言，是中国现存的稀有语种，我这次到北疆，发现很多蒙古族的"踪迹"。喀纳斯是蒙语，乌鲁木齐是蒙语。连喀纳斯中最迷人的月亮湾也传说是成吉思汗追击敌人的脚印，还有他检阅十万大军的点将台。难道七百年前的一代天骄铁木真的铁蹄真的是所向披靡吗？图瓦人就有学者认为是成吉思汗西征时滞留的一支部队的后裔。

　　图瓦人的居所建在两条小溪之间的狭长台地上，依山傍水而居，所有建筑都用粗大的原木来修建，房顶是清一色的尖顶，家里都有火塘，炕上铺着花毡，我们到一个有兄妹两人的家里做客，他们家的酸奶清新醇厚，奶香润滑，简直就像自然生成的。回到都市很长一段时间我都对超市里卖的装在花花绿绿纸盒子里的酸奶不屑一顾。也经常回想起他们做的手抓饭和

图瓦人的白巴哈

大盘鸡,味道之鲜美,现在想起都无比向往之。

白巴哈的马真是漂亮,高大俊朗,细腰圆臀,四肢修长,脖子上的马鬃披散着,又长又飘逸,眼睛像两颗宝石,眼睫毛出奇的长,很像刚刚踏过溪流奔我而来的野马。饭后骑着一匹这样的骏马在村落里溜达,走到山坡上回头看白巴哈——太阳高贵的尽情照耀着,金色的阳光里,白色炊烟飘荡,红色牛羊满坡,青青小河淌水,醉人秋色宜人,仿佛一幅历经千年永不褪色的山水画,恍若隔世。

对面十多米就是哈萨克斯坦,我把马骑到"西部第一哨"边防军哨所,本来想照一张相,可不允许,留下唯一的遗憾。

临走,我真想俯下身亲吻这片让我的心灵获得无限温暖的古老土地——它们温馨而宁静,悠远而诗意。

美人青冢

　　去内蒙古,除了草原,除了大漠,除了天苍苍、野茫茫,一件重要的事情就是去拜谒西汉时出塞和亲的王昭君,了解她远嫁的生活,想知道她的那一具芬芳之躯葬在阴山何处?想知道那座著名的青冢怎样在草原满目凋零的时候独具绿秀和葱茏。

　　历史上的和亲是从汉高祖死后开始,西汉对匈奴和西域各国多和亲,都以宗室郡主冒充公主下嫁番王。不过王昭君不同,她是以民女的身份承担和亲的任务,又是主动请缨,事情便显得非常突出,后人大多猜测王昭君肯定天姿国色,不断从女人的美色上夸大这个历史事件,把她列为中国古代四大美女之一。

　　西汉南郡与三峡相邻,江水湍急,日夜咆哮,两岸悬崖峭壁,怪石嶙峋。然而,在那不见桃花的地方,也有香溪清澈,柳烟黛色之处,那就是王昭君的故乡,秭归,一个出美女的地方。

　　民间传说,王昭君之母,四十不孕,一日进庙求神,

美人青冢

夜里,梦见一轮明月投入怀中,不久生下王昭君。因此,王昭君有皓月之称,集山水阴柔和天地温和之气,与山间溪流,空壑皓月同色。

汉元帝建昭元年,下诏征集天下美女补充后宫,王昭君年当二八,仿佛幽兰独立,纳选入宫。那时,心中自然有许多勾画,但是,"故国三千里,深宫二十年"。入宫对于她,无喜悦可言。

王昭君入宫之后,并未见到元帝,《后汉书·南匈奴列传》记载:"昭君入宫数岁,不得见御,积悲怨……"王昭君不曾见到元帝,并非她不美。宫女入宫之后,按照惯例须由画工画了容貌,呈上御览,以备随时宠幸。而当时主画的为毛延寿,"为人形,丑好老少必得其真。"然而,毛延寿生性贪鄙,屡次向宫女索贿,宫女为得召见,大都倾囊相赠。因此,笔底添出丰韵,易丑为美,易美为丑,无盐成了西施,郑旦成了嫫母。王昭君家境平淡,更自恃美冠群芳,既无力贿赂,又生性奇傲未肯迁就,因此,画像平平无奇,"入宫数岁,不得见御"。

不过王昭君似乎挺有远见,在宫中也没闲着,大多的余暇用于读书习字、轻歌曼舞、绘画与音律,五年过去了,她仍是个待诏的宫女。王昭君无声无息地打发着漫漫的长夜和日复一日的白昼,"自叹人生皆有定",事实上命运总是在"有定"中包含着"无定",汉元帝竟宁元年,南匈奴单于呼韩邪前来朝觐,王昭君的命运无意间起了突破性的变化。

匈奴是我国北方一个强盛的游牧民族,由于连年的内外战争,国力消耗巨大,在各种内讧频繁的局势下,形成了郅支单于与呼韩邪单于的对抗,而最终呼韩邪单于在汉朝的协助下,歼灭了郅支单于得以归复单于庭。公元前三十三年,呼韩邪单于在且喜且惧之下,来到长安朝觐,以尽藩臣之礼。而汉元帝为了增强两国的友谊,改年号"建昭"改为"竟宁",有长久安宁之意。王昭君嫁过去之后,边塞多年无事,就这样,一个宫女的命运联系上了国家的命运。

《后汉书·南匈奴传》记载:"时呼韩邪来朝,帝敕以宫女五人赐之。昭

君入宫数岁,不得见御;积悲怨,乃请掖庭令求行。呼韩邪临辞大会,帝召五女以示之。昭君丰容靓饰,光明汉宫,顾景徘徊,竦动左右。帝见大惊,意欲留之,而难于失信,遂与匈奴。"

此后,汉元帝罪斩毛延寿,于事无补。所谓:"曾闻汉主斩画师,何由画师定妍媸?宫中多少如花女,不嫁单于君不知。"后人在演义的同时,也有着自身的幽怨与哀乐,借古讽今。

但我八卦一下认为:从匈奴单于连半老的吕后都会喜欢到老单于死后儿子再娶继母王昭君个案分析:匈奴求婚不一定是认为汉家女人更加美貌。要知道草原上健康靓丽的美女如云,比如其其格、娜仁花什么的,如蓝天上的白云,更适合那些彪悍的单于;再加上草原风沙很大,缺水,汉室深宫中娇喘无力的汉族小姐几下子就被吹成木乃伊,像电视剧中那样始终保持无比水灵灵的模样是不可能的。皇帝选美完全靠画师画像也有些牵强附会,忽悠几个月有可能,关键是在宫中待了那么些年,如果真的那么出类拔萃还能逃得掉皇帝的鹰眼或者其他人的视线?

所以我认为王昭君长得肯定不丑,但绝不到"沉鱼落雁"的地步,她毅然选择去匈奴,就是很清楚地看到凭她的容貌在汉宫美女群中已经得不到什么发展,而皇帝又不急需女性智囊团人选,所以三十六计,走为上计。

从这一点可以看出她确实是一个聪明的有胆识的女人,由她和亲其实众望所归,比送一个"花瓶"更加合适。

王昭君有一特长,爱弹琵琶,远嫁的路上也不歇着,那首《高山峨峨》就那时候唱的。出了长安北门,一路晓行夜宿,渐行渐远,她黯然神伤,中原正是春暖花开的三月,塞外犹是寒风凛冽的季节,真个是"马后桃花马前雪,教人如何不回头",王昭君终于在漫漫长路中病倒,只得暂时停止前进。

养病期间,她想起父母兄弟,于是挑灯披衣,濡泪和墨,向汉元帝写信:"臣妾有幸得备禁脔,谓身依日月,死有余芳,而失意丹青,远适异域。诚得捐躯报主,何敢自怜?惟惜国家黜陟,移于贱工,南望汉阙,徒增怆绝耳。

美人青冢

有父母有兄弟,唯陛下少怜之!"汉元帝对这小女子怀有敬意,及时把她父兄接到长安精心安顿。

"翩翩之燕,远集西羌,高山巍峨,河水湍湍,父兮母兮,道阻悠长。鸣呼哀哉。忧心恻伤。"这首四言诗《昭君怨》写出了王昭君出塞时的凄婉与反侧,在千里黄尘之外,万重关山之间,

王昭君浓重的乡愁和着琵琶声,声声催人泪下,而天边大雁,望着惊艳的女子,听着凄婉的琴声,纷纷扑落于平沙之上,遂成《平沙落雁》于世绝唱。王昭君到匈奴之后,封为宁胡阏氏,开始了异域的生活。

在匈奴这片黄尘滚滚,孤鸿南飞,牛羊遍地,青草连天的土地上,王昭君生下一子,称作伊屠智牙师,封为右日逐王。然而,在建始二年,短暂的婚姻生活之后,呼韩邪单于与世长辞了,那年王昭君二十四岁。一个中原的女子,在胡地习惯了羊奶,住惯了毡帐,学会了骑马射猪,也懂得了一些胡语。按照匈奴的习俗,王昭君复嫁给新继位的单于,呼韩邪单于的长子,雕陶莫皋即复株累单于,此后生下两女,长女云为须卜居次,小女为当于居次。十余年之后,王昭君在异乡仙逝。

王昭君在匈奴期间,参与政事,对于汉匈沟通与和睦有着调和作用,她多次劝说单于应明廷纲,清君侧,修明法度,多行善政,举贤授能,奖励功臣,以得民心,取汉室之优,补匈奴之短。同时,在春日之际,管理草原,植树栽花,育桑种麻,繁殖六畜,并向匈奴女子传授挑花绣朵的技巧,讲解纺纱织布的工艺。王昭君毫不保留地细心施教,在忙碌与诚恳之中,受到匈奴人民的爱戴!

王昭君死后,葬于大黑河南岸,墓地至今尚在,入秋之后塞外草色枯黄,唯王昭君墓上草色青葱一片,故呼为青冢。此外,前人白居易与杜牧对青冢也有描写,"不见青冢上,行人为浇酒。""青冢前头陇水流,燕支山下暮云秋。"

如今去到内蒙古,这个绝色女子千年的美丽身影仍然留在天空中,云朵里,草原上。

海的神话

"在海的远处,水是那么蓝,像最美丽的矢车菊花瓣,同时又是那么清,像最明亮的玻璃。然而它很深很深,深得任何锚链都达不到底。要想从海底一直达到水面,必须有许多许多教堂尖塔一个接着一个地连起来才成。海底的人就住在这下面。不过人们千万不要以为那儿只是一片铺满了白沙的海底。不是的,那儿生长着最奇异的树木和植物。它们的枝干和叶子是那么柔软,只要水轻微地流动一下,它们就摇动起来,好像它们是活着的东西。所有的大小鱼儿在这些枝子中间游来游去,像是天空的飞鸟。海里最深的地方是海王宫殿所在的处所。它的墙用珊瑚砌成,它那些尖顶的高窗子是用最亮的琥珀做成的;不过屋顶上却铺着黑色的蚌壳,它们随着水的流动可以自动地开合。这是怪好看的,因为每一颗蚌壳里面含有亮晶晶的珍珠。随便哪一颗珍珠都可以成为皇后帽子上最主要的装饰品。住在那底下的海王已经做了好多年的鳏夫,但是他有老母亲为他管

海的神话

理家务。她是一个聪明的女人,可是对于自己高贵的出身总是感到不可一世,因此她的尾巴上老戴着一打的牡蛎——其余的显贵只能每人戴上半打。除此以外,她是值得大大称赞的,特别是因为她非常爱那些小小的海公主——她的一些孙女。她们是六个美丽的孩子,而她们之中,那个顶小的要算是最美丽的了。她的皮肤又光又嫩,像玫瑰的花瓣,她的眼睛是蔚蓝色的,像最深的湖水。不过,跟其他的公主一样,她没有腿:她身体的下部是一条鱼尾"。

以上这段温馨美妙的文字不是我的梦呓,或者是敲打在网络上的传奇,而是伟大的丹麦作家安徒生的童话《海的女儿》中开头的一段描写,这也是我一到厦门,当晚就迫不及待跑到海边的原因之一。

我当时写过一篇随笔,表达我当时的感受:"月亮慢慢升起来,万物在苏醒,海浪声从地壳深处传来,是那么迫切和充满生机。它们如血液一样注入大海,使大海瞬间像女人一样丰腴起来,辽阔起来。这蓝色的女人在月光下舒展腰肢,含情脉脉,风情万种,她把月亮拥在怀中,让天地间都沉浸在海的爱恋中。"

我不知道我当时的文章是不是带着安徒生那条美丽的"小人鱼"的情愫,她后来为了她爱的那个王子,拒绝了巫婆的建议,在黎明前化作一层轻柔的蓝色的泡沫,灵魂却变成大海的天使。

相信,她的爱应该一直在大海的风和浪里。

在厦门的许多年,我在所有的海边始终没找到这位童话中的美人鱼,却找到另外一个福建的——妈祖,一个真实的女神。

妈祖是人们对"海上女神"的褒称。妈祖姓林名默。关于她的生平,说法不一,一曰唐天宝年间生人,另说生于宋建隆年间,但有一点确定无疑:妈祖是人,而且是一位普通的渔家姑娘。

据史料较多的宋代记载,林默出生在福建莆田湄洲湾畔一个美丽的小渔村——贤良港。

妈祖的高祖林圉，五代时仕闽。曾祖林保吉，显德元年任统军兵马使，鉴于天下纷乱，弃官归隐。祖父名孚，官福建总管。妈祖的父亲名林愿，宋初官都巡检，母亲王氏，生一男六女。

妈祖为家中之小女。诞生于宋建隆元年三月二十三日。生前，父母已有五女，切盼再生一男，因而朝夕焚香祝天，祈求早赐麟儿，终胎又是一女婴，父母大失所望。在妈祖即要降生之傍晚，邻里乡亲见流星化为一道红光从西北天空射来，晶莹夺目，映得岛屿上之岩石红光四射，父母察觉此婴必非等闲之女，遂关怀备至，疼爱有加。因其出生至弥月间均不啼哭，故取名林默。

林默幼时聪明颖悟，胜于姐妹，八岁入塾师读书，勤学强记且过目成诵。她年小志弘，不满婚姻，立志不嫁。自小钻研医道，妙手回春，教人防疫消灾。她性情和顺、热情，排难解纷，行善济世，均乐事为。

传说林默二十八岁时，一次在海上搭救遇险船只不幸被桅杆击中头部，落水身亡，后人缘以"人行善事，死后为神"，视她升天为神，专门到海上抢险助人去了。

此后妈祖经常显灵，乡亲亦时常见她于山岩水洞之旁，或盘坐彩云雾霭之间，或朱衣飞翔海上，常示梦显圣，救人急难，嗣后，乡里之人便在湄峰建起祠庙，虔诚敬奉，后人前来朝觐祭祀者络绎不绝。

妈祖生平有许多传说，有的很有趣：

妈祖十六岁那年秋天的一天，其父兄驾船渡海北上之际，海上掀起狂风恶浪，船只遭损，情况危急。妈祖哭道：父亲得救，哥哥死了！不久有人来报，情况属实。兄掉到海里后，妈祖陪着母亲驾船前去大海里寻找，突然发现有一群水族聚集在波涛汹涌的海面，众人十分担心，妈祖知道是水族受水神之命前来迎接她，这时海水变清，其兄尸体浮了上来，于是将尸体运回去。此后每当妈祖诞辰之日，夜里鱼群环列湄屿之前，黎明才散去，而这一天也成为当地渔民的休船之日。

海的神话

妈祖二十一岁的时候,莆田地方出现大旱,全县百姓都说非妈祖不能救此灾害。于是,县尹亲往向妈祖求救,妈祖祈雨,说某日某刻就会下大雨。到了那天,上午晴空无云,本来丝毫没有要下雨的征兆,但时刻一到,突然乌云滚滚,大雨滂沱而下,久旱遇甘雨,大地恢复往日生机。

妈祖二十三岁时,湄洲西北方向有二怪,一为顺风耳,一为千里眼。二怪经常出没为害百姓。百姓祈求妈祖惩治二怪。为了降服二怪,妈祖与村女们一上山劳动,这样,一直过十多天,二怪终于出现,二怪将近时,妈祖大声呵斥,二怪见妈祖神威,化作一道火光而去,妈祖拂动手中丝帕,顿时狂风大作,那二怪弄不清所以,持斧疾视,妈祖用激将法激二怪丢下铁斧,丢下铁斧之后二怪再也收不起铁斧,于是认输谢罪而去。两年后,二怪海上再次作祟,十分厉害,妈祖用神咒呼风飞石使二怪无处躲避,二怪服输,愿为妈祖效力,于是妈祖收二怪为将。

妈祖二十六岁时,那年上半年,阴雨连绵,福建与浙江倍受水灾之害。当时当地官员上奏朝廷,皇帝下旨就地祈雨,但祈求毫无改观。当地请求妈祖解害,妈祖道:灾害是人积恶所致,既然皇上有意为民解害,我更是应当祈天赦佑。于是焚香祷告,突然天开始起大风,见云端有虬龙飞逝而去,天空晴朗了。那一年百姓还获得好收成,人们感激妈祖,省官于是向朝廷为妈祖请功并准褒奖。

还相传妈祖在世时,湄洲屿西边有个出入湄洲的要冲叫门夹,有一次,一艘商船在附近海上遭到飓风袭击触礁,海水涌进船舱,即将沉没,村民见狂巨浪,不敢前去营救。在这紧急时刻,妈祖信手在脚下找了几根小草,扔进大海,小草变成一排大杉划到并附在即将沉没的商船上,商舟免遭沉没,船中人免难。

因林默救世济人,泽被一方,被朝廷赐封,沿海人民尊为海神,立庙祭祀。后因灵异非常,屡显灵于海上,渡海者皆祷之,被尊为天上圣母,庙宇遍海甸。

　　妈祖信仰从产生至今,经历了一千多年,起初作为汉族民间信仰,后来成为道教信仰,最后为历朝历代国家推崇,其信仰延续之久,传播之广,影响之深,都是其他汉族民间信仰所不曾有过,不可思议的。历代皇帝的尊崇和褒封,使妈祖由汉族民间神跃升为官方的航海保护神,神格越来越高,传播的面越来越广。由莆田到泉州,再走向五湖四海,达到无人不知,无神能替代的程度。

　　为此,我专门去过几次湄洲岛,拜祭湄洲祖庙,在她弯眉凤目、裙裾飘飘如生的雕塑前,发怀古之幽情。

　　妈祖从宋代护国庇民,元代保泰海运,明代使洋护航,清代协助定台,到现在已成为海峡统战女神,真正是神威显赫,前无古人,后无来者。

　　作为早前的一个善良平凡的渔家姑娘,从人到神,几千年香火鼎沸,她生前估计是万万没想到的。

　　如果把她与安徒生的美人鱼相比,无疑毫无可比性,甚至荒唐至极,但在我的心目中是一样的,都是海的女人,都是为别人活着。

　　都是天使。

风月秦淮

风月秦淮

去南京秦淮河那几天，正好张艺谋的电影《金陵十三钗》上映，因为故事写的是南京，于是很多人看。

黄昏，独步秦淮河，河上摇曳浮淌着碎碎如丝绸般的胭脂色，不用寻觅，一眼就看见朱自清先生描写的那些灯影，果然璀璨阑珊，但并未听见河里有人划船的桨声，只听见一些看完电影，但离这个时代比较远的年轻人嘴里嘀咕。

真的假的？

提及金陵十二钗，知道的人可能多一些，她们是中国古典小说《红楼梦》中那些红颜薄命的女主角。书中太虚幻境薄命司以十二为一组，将贾府上、中、下三等女子编成正、副、又副三册，故名"金陵十二钗"。如今，曹雪芹《红楼梦》里塑造的金陵十二钗已成为经典的艺术群像，在世界文学史上展示着永恒的艺术生命。

悲金悼银的十二钗无疑是文学创作，电影十三钗是杜撰还是历史真实呢？

后来了解到,女作家严歌苓确实是根据史料创作出小说《金陵十三钗》——金陵女子大学教务长魏特琳的日记披露:南京陷落的时候,日本人要求金陵大学必须交出一百个女人,否则就要在学校驻军。当时有二十多个妓女站出来,使女学生们逃脱厄运。所以严歌苓说:"这也是小说与电影唯一的相同之处。"

一九六八年生于美国新泽西州华裔女作家张纯如,曾担任过《芝加哥论坛报》记者,一九九七年她曾亲自到南京调查南京大屠杀史料。她在《南京大屠杀:被遗忘的二战浩劫》一书也提到那场浩劫。

看来妓女换学生——确有其事。

其实南京的妓女史是有渊源的,从六朝金粉就开始了。翻开唐宋诗词,里面关于风月秦淮的描写非常多,以"商女不知亡国恨,隔江犹唱后庭花"最为著名。

秦淮河古称淮水,历史上极有名气。相传秦始皇东巡时,望金陵上空紫气升腾,以为王气,于是凿方山,断长垅为渎,入于江,后人误认为此水是秦时所开,所以称为"秦淮"。六朝时成为名门望族聚居之地,商贾云集,文人荟萃,儒学鼎盛。隋唐以后,渐趋衰落,却引来无数文人骚客来此凭吊,咏叹"旧时王谢堂前燕,飞入寻常百姓家"。

到了宋代,南京逐渐复苏为江南文化中心。明清两代,是十里秦淮的鼎盛时期,金粉楼台,鳞次栉比;画舫凌波,桨声灯影,构成一幅幅如梦如幻的美景奇观。此时的秦淮河,不仅成就许多的文人骚客,也成就一代名姬。一水相隔河两岸,分别是南方地区会试的总考场江南贡院,另一畔则是南部教坊名妓聚集之地著名的有旧院。

据说南京的妓女以"扬帮""苏帮"为多,因为灾荒多,很多贫苦人家只得将子女卖到妓院。当时,扬帮妓女在全国都很有名。

看到过一段文字,说国民政府一九二七年四月定都南京之后,情况发生变化。国民党中一些官员认为妓院继续存在不好,因此一九二八年后一

风月秦淮

度查禁妓院,结果秦淮商业迅速萎缩,但仍有不少妓院暗度陈仓,造成性病蔓延。之后国民政府又认为应该有限恢复。

据史料记载,"民国时妓女是分等级的,她们每月向政府缴的税也不同。一等妓女每月缴六个银圆,二等妓女缴四个银圆,三等妓女缴一个银圆"。一等妓女集中在秦淮河一带,她们风光无限,出入有黄包车、小汽车接送。这些妓女琴棋书画都精通,她们的房间有个文雅的名字叫作"书寓",房间里甚至还会放置钢琴。妓女们的身上会佩戴一个徽章,这是在民政局备过案的意思。那时,一些国民党官员都"金屋藏娇"。

可能因为大多妓女都出生贫穷,都是苦人家的女儿,所以虽然坠入青楼,卖笑卖身,但良心正气、侠肝义胆还是与生俱来的。

例如明末清初秦淮妓女柳如是、顾横波、马湘兰、陈圆圆、寇白门、卞玉京、李香君、董小宛被称为"秦淮八艳",都具凛然正气。

她们大都经历了由明到清的改朝换代的大动乱。当时好多贪官贪生怕死,卖国求荣,而和他们形成鲜明对比的是:秦淮八艳虽然是被压迫在社会最底层的妇女,在国家存亡的危难时刻,却能表现出崇高的民族气节。

关于这几个风尘女子的故事,史料上有些记载。

柳如是,由于家贫,从小就被掠卖到吴江为婢,妙龄时坠入青楼,因美艳绝代,才气过人,遂成秦淮名姬。她留下不少值得传颂的轶事佳话和颇有文采的诗稿《湖上草》《戊寅卓》与尺牍。曾与南明复社领袖陈子龙情投意合,但陈在抗清起义中不幸战败而死。后嫁给年过半百的东林领袖、文名颇著的大官僚钱谦益。清军占领北京后,柳氏劝钱与其一起投水殉国。后来钱降清,柳氏却尽全力资助,慰劳抗清义军,因她的爱国气节和文学艺术才华,郁达夫曾把她列为"秦淮八艳"之首。柳氏为了保护钱家产业,最后竟用缕帛结项自尽。一代才女就这样结束一生,让人唏嘘。

李香君,也是家喻户晓的人物。她的媚香楼,是今天漫步秦淮旧巷唯一还能找到的绣楼。崇祯十二年的秋天,年仅二十一岁但已名闻四方的复

社四公子之一侯方域,刚从河南商丘来到南京,便抛开即将开始的乡试,直接走上这架暗红色的楼梯。这本应是一段才子佳人式的风花雪月,但随着满清铁蹄的入关,朱氏亲王仓皇南渡,在南京匆匆地成立南明政权。复社的死对头阮大铖,投靠南明佞臣马士英,他企图用金钱收买侯方域,来达到他个人的政治目的。这一伎俩,很快就被才识过人的李香君识破。她坚决拒绝了阮大铖的金钱诱惑,要求侯方域立即与之断绝关系,划清界限。恼羞成怒的阮大铖,用卑鄙的手段报复。侯方域无奈,挥泪离开南京,这段短暂的爱情也仓促地画上伤感的句号。

大名鼎鼎的陈圆圆本为昆山歌妓,曾寓居过秦淮,由于色艺超群,更与重大历史事件相系,所以清人便将她列入"秦淮八艳"。

崇祯末年,李自成的农民起义军威震朝廷,崇祯帝日夜不安。外戚嘉定伯周奎为舒解皇帝的忧虑之心,遂遣田妃的哥哥田畹下江南觅艳。寻得陈圆圆不久,李自成的队伍逼近京师,崇祯帝急召吴三桂镇山海关。田畹设盛筵为吴三桂饯行,圆圆率歌队进厅堂表演。吴三桂见圆圆后,神驰心荡。酒过三巡警报突起,田畹恐惶地上前对吴曰:"寇至,将若何?"吴三桂说:"能以圆圆见赠,吾首先保护君家无恙。"未等田畹回答,吴三桂即带圆圆拜辞。

李自成打进北京后,陈圆圆被李之部下所掠。吴三桂答应投降李自成,闻圆圆已被李之部将所占,冲冠大怒,高叫"大丈夫不能自保其室,何生为",遂投降清军,与李自成军开战。这就是吴梅村《圆圆曲》所曰:"恸哭六军俱缟素,冲冠一怒为红颜。"李自成战败后,吴三桂带着陈圆圆由秦入蜀,然后独占云南,欲立圆圆为正妃,圆圆托故辞退,吴三桂别娶。陈圆圆后来遁入空门,削发为尼。

"秦淮八艳"中,顾横波是地位最显赫的一位,她曾受诰封"一品夫人"。她也最受争议,据说先与她私订终身的才子由于她的背盟殉情而死,后来她那晚节不保的丈夫每谓人曰"我愿欲死,奈小妾不肯何",俨然一个红颜

风月秦淮

祸水，不是害人性命就是毁人名节，与多数人印象中"秦淮八艳"的侠骨柔肠、深明大义迥然有异。

寇白门，崇祯十五年暮春，嫁给贪念其美色，声势显赫的功臣保国公朱国弼。婚礼盛况空前，成为明代南京最大的一次迎亲场面。清军南下。朱国弼投降清朝，不久入京师被软禁。朱氏欲将连寇白门在内的歌姬婢女一起卖掉，白门对朱云："若卖妾所得不过数百金……若使妾南归，一月之间当得万金以报公。"朱思忖后遂答允，寇白门短衣匹马带着婢女斗儿归返金陵。寇氏在旧院姊妹帮助下筹集了两万两银子赎释朱国弼。朱氏想重圆好梦，但被寇氏拒绝，她说："当年你用银子赎我脱籍，如今我也用银子将你赎回，当可了结。"

马湘兰，生长于南京，自幼不幸沦落风尘，她为人旷达，常挥金以济少年。她的居处为秦淮胜处，慕名求访者甚多，与江南才子王稚登交谊甚笃，她给王稚登的书信收藏在《历代名媛书简》中。她在绘画上的造诣也很高，曹雪芹的祖父曹寅曾接连三次为《马湘兰画兰长卷》题诗，共七句，载于曹寅《栋亭集》里。《历代画史汇传》中评价她的画技"兰仿子固，竹法仲姬，俱能袭其韵"。北京故宫的书画精品中也间杂着马氏的兰花册页，发着独异的光彩，她的绘画在国外一直被视为珍品。

日本东京博物馆中收藏着一幅中国明代的"墨兰图"，此画并非出自名家大师之手，而是马湘兰所作，被日本人视为国宝。

细想，与这些惊心动魄的女人相比，金陵十三钗的考证已无必要。

秦淮河仍然繁华，有市民的拥挤和热闹，摩肩接踵，人流如织。河畔处处是新潮的店铺，地摊一样的小商品市场，烤羊肉串的炉子，咸水鸭。还有许多酒家，仍然仿照古旧的楼房样子，挂了灯笼，临着河岸，一张张小方桌面河而设，游客可以一边吃酒菜一边俯瞰秦淮河，也算雅致。吃得高兴时，大人笑，小人跳，兴奋热烈，酣畅淋漓。

但在熙熙攘攘的闹哄哄之中，却感到一种冷清和寂寞，就如朱自清先生所写:"秦淮河的水却尽是这样冷冷地绿着。任你人影的憧憧,歌声的扰扰,总像隔着一层薄薄的绿纱面幂似的;它尽是这样静静的,冷冷的绿着。船夫将船划到一旁,停了桨由它宕着。他以为那里正是繁华的极点,再过去就是荒凉了。"

是啊,繁华过去自是该荒凉了——那些金粉楼台、画舫凌波已经消失在历史的烟云中,那些美艳绝代的风尘女子也已经香消玉殒,踏歌远去。只有秦淮河的水声还在诉说着发生过的故事。

— 洛川神女 —

洛川神女

到洛阳,所有人都向你推荐牡丹,以为普天下都以她为王者。

但其实我不大喜欢牡丹,不是我对她有什么成见,而是在花的审美上有些小家子气。我喜欢成片的花,很写意,比如漫山遍野的矢车菊、格桑花、薰衣草,像云一样,像歌一样,像梦一样,浪漫而诗意;不喜欢一朵一朵的大花。

比如郁金香,虽然长得还算集体,但硕大的脑袋一只一只排列着,太整齐,没有花香弥漫的感觉。

比如牡丹,非常工笔,开得太认真,太仔细,什么东西一览无余就没有想像的余地,就没有美感,且颜色大多俗丽。而且被冠以什么王者风范、福贵霸气,至尊女神、倾国倾城、千姿万态,觉得都压折了牡丹那一个浅浅的花瓣。

而且,在偌大的洛阳城,牡丹并不"满城尽带黄金甲",而是把各类品种关在一个"国花园"里,每年搞一个

牡丹节带动城市的旅游,但花少人多,游人像看猴子一样围观着看花,在闹哄哄的人群中,牡丹失去作为花的天然羞涩和清高,满不在乎地在调戏和色诱的眼光中麻木不仁,实在让人失望和沮丧。

不过,她毕竟名为国花,她毕竟国色天香,她的清高和硬骨在历史上还有一段"绯闻"和"公案"。

李汝珍《镜花缘》第四回《吟雪诗暖阁赌酒 挥醉笔上苑催花》及第五回《俏宫娥戏夸金盏草 武太后怒贬牡丹花》有精彩描写。

某日,武则天边赏雪,边与上官婉儿赌酒吟诗。上官婉儿做"雪"诗一首,武则天就喝一杯酒。喝着喝着,忽然有清香扑鼻而来,原来是腊梅开了,武后不觉龙颜大悦并异想天开地认为,园中各花也应该跟腊梅一样为她开放,便吩咐备辇,准备与太平公主一起赏花。太平公主说:"花卉开放各有其时,现在又不是春天,怎么会有花开呢?腊梅原是冬花,这时开很正常。"太平公主从小就头脑清醒,思维逻辑性强,是个明白人,知道自然是有时有序的。可武后不听这一套,觉得自己是天子,让什么花开一开不成什么问题,执意要去,还亲自击鼓催花。

有一个熟悉武则天脾气的太监,怕武则天未见花开迁怒于众人,赶紧拦住:"据奴婢看来,大约众位花仙还不晓得万岁要来赏花,所以未来伺候。刚才奴婢已向各花宣过圣意,倘万岁亲自再下一道御旨,明日自然都来开花了。"于是武后提笔写下四句:"明朝游上苑,火速报春知:花须连夜发,莫待晓风催。"

剩下的事情大家都知道了,第二天一起来,各处群花大放,真是锦绣乾坤,花花世界。仔细看去,只有牡丹含苞未开。于是武后大怒,认为她平时对牡丹最厚,牡丹却如此负恩,在用炭火炮烙之后更传令将牡丹贬去洛阳,"所以天下牡丹,至今唯有洛阳最盛"。

这个故事流传甚广,但也有可疑之处。

武则天属于人中日月,成日里乾坤社稷江山,哪能如此小肚鸡肠。如

洛川神女

正在她身边忙乎的上官婉儿就是一例。

上官婉儿是唐高宗时宰相上官仪孙女。麟德元年,上官仪因替高宗起草将废武则天的诏书,被武后所杀,刚刚出生的上官婉儿与母亲郑氏同被驱除。后来上官婉儿被武则天召见,于宫中当场命题,让其依题著文。上官婉儿文不加点,须臾而成,且文意通畅、辞藻华丽、语言优美,武则天看后大悦,当即下令免其奴婢身分,让其掌管宫中诏命。不久,上官婉儿又因违忤旨意,罪犯死刑,但武则天惜其文才而赦免,只是处以黥面。从圣历元年开始,又让其处理百司奏表,参决政务,委以重任。

能以诗佐酒,绝对是雅人一个,怎么想像会做出炮烙牡丹这等焚琴煮鹤之举?武后最爱洛阳,把牡丹送去洛阳也算不得进冷宫,从牡丹现在的身份和全国知名度看,武则天简直是成就牡丹在中原的一方霸业。

换句话说,洛阳牡丹要感谢武则天才对。

这段记载有值得推敲的地方,不过放下牡丹不表,百花确实为武则天冬日盛开的真实性又有几分?

尤袤《全唐诗话》:"天授二年腊,卿相欲诈称花发,幸上苑,许可,寻复疑之。先遣使宣诏曰:'明朝游上苑,火速报春知,花须连夜发,莫待晓风吹'。于是凌晨名花布苑,群臣咸服其异。后托术以移唐祚,此皆妖妄,不足信也。"

尤袤认为武则天使用了某种异术,达到其转移唐祚的目的。

如果这一记载属实,可以猜断,武则天使用的大概是"堂花术",也就是现在很普通的温室栽培法。

关于堂花,记载很多,说法也有几种。

最早的温室可能出现在秦朝,秦始皇时的某个冬季,曾经收获在骊山种植的瓜果。

明确的记载出现在汉代。《汉书·召信臣传》载:"太官园种冬生葱、韭菜茹,覆以屋庑,昼夜燃蕴火,待温气乃生。"这是汉元帝时的事。

"堂花","唐花"?

可能都是武则天维护她的统治和权力的手段之花,无论是在园子里开了还是没开,都和腊梅争宠和牡丹孤傲无关,和炮烙及流放无关。但这些轶事,或许其实就是她的生平,是她的悲喜。因为在很长一段历史中,只有武则天这一个女人威仪地盛开着,万尊地独放着,成就了一个国色天香的朝代。

女人如花花似梦,把这几个字刻在她坟墓前的无字碑上,她会做何感想呢?

在洛阳,一路上被这女人的历史公案牵扯着,水席也没心思吃,吃了什么也忘了,只记得八个盘子八个碗,一溜烟传上来。每盘每碗都看不见菜,只看见汤。稀里哗啦喝下去,撑得路都走不动。

白马寺也没认真玩,但买了几个铜牛、铜羊和古人喝酒的樽,至今在家里认真摆放着。这几样物件都是模仿历史上名声显赫的出土文物做旧的,做得之好,几乎以假乱真。好几个业内高手看见,猛一眼都哆嗦了一下。

所以,历史上的真假有时候确实是扑朔迷离。

稻城亚丁的神山

稻城，有你能够想像到的一切，也有你想像不到的一切。面对他的千古时空和万古冰河，你注定是一个旅人，注定是一个过客。但你会永远记住这个方圆七千三百二十三平方公里的土地上留存着的最古老的记忆和大自然被遗忘的时光。

中国国家地理二〇〇五"中国最美的地方"评选，稻城三神山被列在十大最美的山的排行榜中，被称为香格里拉的地标。

所以，一谈及稻城亚丁，所有人都会想起云雾缭绕中这三座无比美丽的神山。这个香格里拉的地标也一直成为饱受世俗生活困扰的人们追寻的乐土。

只要天气好，在亚丁景区的任何一个角落，都可以看见他们，只是角度不同，千姿百态罢了，无意中呈现奢华而低调的态度。不像有的名山名水，脾气古怪，生性矫情，你夜以继日、千难万险地来了，就是不露面，搞得十分扫兴和沮丧。所以稻城亚丁这几座雪山的亲民举

措很讨游客的欢心，只要来一趟，就有成就感，回去的每张照片都可以炫耀一番。

开始我们也不知道，以为要经过许多的艰难险阻和如何的跋涉才能一睹雪山的芳容，但我们刚刚在香巴拉客栈放下行李，老板娘就指着门外说，快看，一行人望着老板娘指的方向，集体抬头，瞬间看见那三座著名的雪峰从云层中露了出来，亲切拥在一起，银色的白雪在霞光中镶着金边，在蓝天上像水一样汩汩涌流，云雾袅绕，时隐时现，神奇而辉煌。所以，旅行的路途还是简单的好，也许浓厚的滋味每每就生根于简单的空灵之中。

当然，这种幸福是短暂而理智的，大家更希望靠近他们，拥抱他们，触摸他们，融化在他们的气息和怀抱中。

亚丁自然保护区平均海拔三千九百米。景区的中部是广阔的河谷、草原，牧草丰茂，花朵飘香；它的南部是绵延不断、千姿百态的山峰，深谷幽壑，湍流飞瀑遍布其间。在亚丁景区方圆千余平方公里中，主体部分就是这三座完全隔开，但相距不远，呈"品"字形排列的雪峰。

北峰仙乃日六千零三十二米，南峰央迈勇和东峰夏诺多吉均为五千五百五十八米。三座雪峰洁白、峭拔，似利剑直插云霄。仙乃日像大佛，傲然端坐莲花座；央迈勇像少女，娴静端庄、冰清玉洁；夏诺多吉像少年，气宇轩昂、英武不凡。

公元八世纪，莲花生大师为贡嘎日松贡布开光，以佛教中三位菩萨——观音、文殊、金刚手分别为三座雪峰命名加持，仙乃日为观世音菩萨，央迈勇为文殊菩萨，夏诺多吉为金刚手菩萨

其中我对仙乃日偏爱一些，因为他被命名的观世音菩萨是个女的，于尘世众生最为有缘，而众生对这位大慈大悲的观世音菩萨亦倍感亲切，家喻户晓，人人敬仰，可以说他们所得到的一切智慧福德，其开源皆由来自菩萨的法施，许多皈依三宝的佛门弟子，亦多有在尚未认识释迦牟尼前，先认识观世音菩萨的。因观世音菩萨曾经发愿，任何人在遇到无论任何灾难

稻城亚丁的神山

时,只要一心虔诚念诵观世音菩萨的圣号,即会得到观世音菩萨的救度。

对以上佛法不是很懂,但一想起电视剧《西游记》里面,只要孙悟空出现问题,都是观世音菩萨及时赶到,施以援手,孙悟空才得以脱离苦海,逢凶化吉。那观世音阿姨笑眯眯的,确实和蔼可亲。不过委派一个那么德高望重的女菩萨来管理一座偏远地方的雪山,会不会有点大材小用啊!

据说被仙乃日、央迈勇、夏诺多吉三座雪峰环绕的洛绒牛场,是观赏三座雪山的最佳地点。从洛绒牛场出发,朝央迈勇与仙乃日之间的山谷上行,可到达央迈勇脚下的五色海和牛奶海。再往上就是仙乃日脚下的卓玛拉措湖,又称"珍珠海",传说是仙乃日左边白度母的魂湖。与亚丁大多呈蓝色的海子不同,珍珠海水色呈深绿色,它的湖水直接与仙乃日的冰雪相接,没有任何过渡。

去的那几日景区被洪水冲坏了路,正在修,去洛绒牛场的一大段路观光车不能正常开,好在沿途有树,有花,有山,有水,有许多的景色,一行人就走路前往。一路上,一尘不染的神山脚下环绕着宽阔的草场,纵横交错的溪流缓缓流入色彩斑斓的海子,另有森林、灌丛、冰谷以及冰雪消融形成的瀑布,景色奇美。

洛绒牛场上牛奶海,五彩海,海拔高,路途险峻,如不骑马来回要跋涉六七个小时,敢去的大多身强力壮,所以人不是太多。但凡看见从上面下来的勇者,大家都会竖起大拇指。

倒是道路相对好走一些的珍珠海人气更旺一些。

据说珍珠海也是个女的,是白度母的魂魄所在地。相传白度母是观世音菩萨左眼眼泪所化。藏传佛教说:度母有二十一尊,她们的颜色都不相同,最受尊敬、寺庙中最常见的是白度母。

传说中的白度母性格温柔善良,聪明智慧。看过一张画,她头戴花蔓冠,乌法挽髻,双耳坠着大环,穿丽质天衣,上身袒露,颈挂珠宝璎珞,双脚盘坐在盛开的莲座上,左持一朵曲茎莲花,右手掌向上,形象典雅优美。

  可能正因为珍珠海是白度母的魂湖,一切景色皆典雅优美,如梦似幻。在冰清玉洁的珍珠海眺望刚武威猛的三座雪山,几乎近在咫尺,能够感觉到彼此的呼吸。这时雪山如同飞龙凌空,珍珠海则小雨款款欲仙,山水环抱,天地缠绵,这倒是稻城亚丁的另一番韵致。

  也许几千万年无人知晓,光阴沉淀,才形成了这神的山,魂的湖,美的世界,美的人间。

风从草原走过

风从草原走过,吹散多少传说,留下的只有你的故事,被酒和奶茶酿成歌,马背上的家园,因为你而辽阔,每一个降生的婴儿,都带着你的血性,每一张牧人的脸庞,都有你的轮廓,每一座毡房的梦里,都有你打马走过。

在歌声里,闭上双眸,梦回草原深处,听着花开,撒落夕阳,拨开历史的硝烟,在走远的马蹄声中目睹一个男人的一世芳华,万古荣光。

在内蒙,去过呼伦贝尔草原,去过锡林郭勒草原,到鄂尔多斯更多的是为了拜谒"一代天骄"成吉思汗。

蓝天白云下,成吉思汗陵墓气势宏伟、霸气轩昂。

汗陵坐落在内蒙古鄂尔多斯草原中部的伊金霍洛旗甘德利草原上,距包头市一百八十五公里。这里牧草喧腾,牛羊成群。

成吉思汗陵的主体由三个蒙古包式的宫殿一字排开构成,三个殿之间有走廊连接,在三个蒙古包式宫殿

的圆顶上。金黄色的琉璃瓦在灿烂的阳光照射下,熠熠闪光。圆顶上部有用蓝色琉璃瓦砌成的云头花,是蒙古民族崇尚的颜色和图案。

中间正殿高达二十六米,平面呈八角形,重檐蒙古包式穹庐顶,上覆黄色琉璃瓦,房檐则为蓝色琉璃瓦;东西两殿为不等边八角形单檐蒙古包式穹庐顶,亦覆以黄色琉璃瓦,高二十三米,整个陵园的造型,犹如展翅欲飞的雄鹰,极显蒙古民族独特的艺术风格。

正殿正中摆放成吉思汗的雕像,高五米,身着盔甲战袍,腰佩宝剑,相貌英武,端坐在大殿中央。塑像背后的弧形背景是"四大汗国"疆图,标示着七百多年前成吉思汗统率大军南进中原,西进中亚和欧洲的显赫战绩。

后殿为寝宫,安放四个黄缎罩着的灵包,包内分别供奉成吉思汗和三位夫人的灵柩,灵包的前面摆着一个大供台,台上放置着香炉和酥油灯。这里还摆放成吉思汗生前用过的马鞍等珍贵文物。

东殿安放着成吉思汗的第四子拖雷(元世祖忽必烈之父)及夫人的灵柩。自窝阔台及其长子之后,蒙古族皇帝都是拖雷的子孙,所以其地位极为显赫。

西殿供奉着象征九员大将的九面旗帜和"苏勒定"。苏勒定即为大旗上的铁矛头,南征北战中,成吉思汗用它指挥过千军万马,传说成吉思汗死后,其灵魂便附在其上,因此在蒙古人民的心目中,苏勒定是十分神圣的。

正殿的东西廊中有大型壁画,描绘成吉思汗出生、遇难、西征、东征、统一蒙古各部等重大事件。壁画还表现了成吉思汗的孙子忽必烈统一中国,定都北京,正式改国号为元,追封成吉思汗为元太祖的盛况。

据介绍,成吉思汗陵旅游区有几个"最",旅游区是世界上最大的蒙古历史文化旅游景区;天骄大营中的"天下第一包"是世界上最大的蒙古包;气壮山河是世界上最具蒙古特色的"山"字形门景;铁马金帐是世界上唯一再现成吉思汗铁骑的大型军阵;亚欧版图是世界上最大的展示蒙古帝国横跨亚欧的疆域图;蒙古历史文化博物馆是世界上唯一收藏、展示、研究蒙古历史文化的博物馆;长达两百零六米的油画是世界上最长的油画;蒙古历史文化博物馆是世界上唯一以蒙古文字(汗)为造型的建筑;达尔扈特人是世界上唯一近八百年来世代祭祀成吉思汗的守陵人;成吉思汗陵是世界上唯一保留祭祀文化最完整的成吉思汗祭祀场所。

看完成吉思汗陵,心潮澎湃,就像跟随当年那个马背上的民族,一路骁勇征战,所向披靡。激动之余,有个小疑问,成吉思汗无比英勇的灵魂真的在这里安息吗?

成吉思汗征讨西夏时死于军中,时年六十六岁。对于成吉思汗的死因,历来说法很多,主要有四个版本。据《蒙古秘史》记载,在出征西夏前一年,成吉思汗的身体已经出现问题。一次打猎时,从马背上摔下受伤并发起高烧。当时进攻西夏的计划已定,因成吉思汗身体不适,考虑退兵。但在使臣交涉过程中,西夏将领出言不逊,致使成吉思汗大怒伤身一病不起,他抱病出征。成吉思汗最终虽然灭了西夏,也死在军营里。

此外,曾经出使蒙古的罗马教廷使节普兰诺·加宾尼,在其传世著作中说成吉思汗被雷电击中身亡。著名的意大利旅行家马可·波罗的记载称,成吉思汗是在攻城时中箭而死。最离奇的说法见于清朝成书的《蒙古源流》,该书中说成吉思汗俘虏了美丽的西夏王妃古尔伯勒津郭斡哈屯,这位王妃在侍寝时刺伤成吉思汗,然后投黄河自尽,成吉思汗因伤重不治而亡。目前,史学界和考古界对于成吉思汗的死因,大多倾向于《蒙古秘史》的记载。

由于成吉思汗有四个死亡的传说,那陵墓位置也有四个说法。

一位于蒙古国境内的肯特山南、克鲁伦河以北;二位于内蒙古鄂尔多斯市鄂托克旗境内;三位于新疆北部阿勒泰山;四位于宁夏境内的六盘山。

七百多年来,一直没有找到成吉思汗陵的主要原因是元朝皇家实行密葬制度,帝王陵墓的埋葬地点不立标志,不公布,不记录在案。

史料记载,成吉思汗生前某日,曾经在肯特山上的一棵榆树下静坐长思,而后忽然起立,对随从说:"我死后就葬在这里。"南宋文人的笔记中也记载,成吉思汗在西夏病逝后,其遗体被运往漠北肯特山下某处,在地表挖深坑密葬。其遗体存放在一个独木棺里。所谓独木棺,截取大树的一段,将中间掏空做成棺材。独木棺下葬后,墓土回填,然后"万马踏平"。

在新疆北部阿勒泰山脉所在的清和县三道海附近,有考古专家发现一座人工改造的大山,推测可能是成吉思汗的葬身陵墓。佐证之一是马可·波罗的游记中写道:"在把君主的灵柩运往阿勒泰山的途中,护送的人将沿途遇到的所有人作为殉葬者。"

有记载说,成吉思汗攻打西夏时死于六盘山附近。有考古专家据此认为,按照蒙古族过去的风俗,人去世三天内就应该处理掉,或者土葬,或者火化,怕尸体腐烂,灵魂上不了天堂。因此,成吉思汗去世后就地安葬的可能性很大。

总之,成吉思汗的死和成吉思汗的葬身之地已成千古之谜,我宁愿相信这个曾经叫铁木真的男孩至今还骑马奔跑在辽阔的草原上,因为他和他的草原有一个约定,生生世世,永不背离。

青海湖情愫

青海湖情愫

> 我寻与不寻,湖就在那里;
> 我爱与不爱,佛就在那里;
> 我来与不来,你就在那里。

我沿着日喀则,一路向北,路过拉萨,再到格尔木,磕着长头询问你的来处。最终,在一个傍晚,我一路转山转水转佛塔,跋山涉水来到青海湖。我迈着信徒般坚定地脚步,与你相见。你在的地方,是我生命的疼痛和遥远。

寂寞的马队,拖着长长的蹄印,叮叮当当,消失在历史的地平线上。我追寻着马队的足迹,来到青海湖畔。当我拾起那串佛珠时,时光已经被抚摸了几百年。

青海湖,情殇之湖,仓央嘉措消失的地方——

史料记载:康熙帝准奏请予"废立",决定将仓央嘉措解送北京予以废黜。一七〇六年,在押解途中,仓央嘉措行至青海湖时去世,时年二十四岁。有的传说,他是舍弃名位决然遁去,周游蒙古、西藏、印度、尼泊尔等

地,后来在阿拉善去世,终年六十四岁。

转经筒转了又转,风马旗飘得好远,历史过得好慢,布达拉宫的莲花还那么开着,爱仓央嘉措的人却替它经历了日日夜夜、年年岁岁的凋谢。

我很想知道,六世达赖喇嘛——仓央嘉措被解送到青海湖后,到底去了何处。是去了天堂,还是孤身遁去,隐于民间?这位诗人法王圆寂于何时何地,至今仍是一个谜。

当然,真实的结局到底如何,已不重要。但他的名字以及他的伟大诗篇,将永远在雪域流传,为后人景仰,希望东山顶上的月亮永远那么温暖。

我还忘不那曲哀婉缠绵的《在那遥远的地方》,唱出我们牵魂动魄、刻骨铭心的思念和牵挂。

在那遥远的地方有位好姑娘,

她那美丽动人的眼睛好像晚上明媚的月亮……

几百年中,传奇和自然,故事和湖畔,构成青海湖强大的人文色彩,吸引众多朝圣者和观光客前往。

青海湖镶嵌在青藏高原的东北部,是我国最大的内陆咸水湖。这里海拔高,温度低,草原形态和内蒙古的草原不一样,

最主要的是,它在中国"五湖四海"的名词中独占两席,即五湖"洞庭湖、鄱阳湖、太湖、青海湖、洪泽湖"。东海、南海、北海(黄海、渤海)现均为辽阔的海域,四海中唯独没有西海。青海湖虽然不与其他海洋相连,在古时却独享西海之誉,因为在共和国的版图中,她位于西部,实际上是退化了的古老海域所在,至今仍占我国咸水湖之鳌头。

青海湖位于被誉为"世界屋脊"的青藏高原的东北部大通山、日月山、青海南山之间,三面环山。从山下到湖畔,是广袤平坦、苍茫无际的千里草原,烟波浩渺、碧波连天的青海湖就像一盏巨大的翡翠玉盘平嵌在高山、草原之间,构成山、湖、草原相映成趣的壮美风光和绮丽景色。青海湖浩瀚缥缈,波澜壮阔,传说这里是王母娘娘的瑶池,仙女每年要来此洗浴;还传说

青海湖情愫

这里是文成公主的宝镜,为了坚定自己留在西藏的信心,她将可缓解思乡苦、能看到家乡景色的宝镜摔碎,化成这万顷波涛。

青海湖面海拔为三千二百六十六米,东西长约九十公里,南北宽约五十公里,面积四千六百三十五平方公里,流域面积则比湖面大十倍,有五十条短河从三山的四面八方汇入,没有出海的通路,古代称为"西海",又称"鲜水"或"鲜海",从北魏起才更名为"青海"。蒙语叫"库诺尔",藏语叫"错温布",也就是"青色的湖"的意思。湖水含氧量少,含盐量最大,浮游生物稀少,透明度达九米以上,所以显得格外湛蓝。青海湖畔山清水秀,天高气爽,景色十分绮丽。辽阔起伏的千里草原就像铺上一层厚厚的绿色绒毯,那五彩缤纷的野花,把绿色的绒毯点缀得如锦似缎,数不尽的牛羊和成群膘肥体壮的马犹如五彩斑驳的珍珠洒满草原;湖畔大片整齐如画的农田麦浪翻滚,菜花泛金,芳香四溢;那碧波万顷,水天一色的青海湖,好似一泓玉液琼浆在轻轻荡漾。

据介绍,湖区有两大奇观,一是渔场,盛产湟鱼,是一个丰饶的天然渔场。一是鸟岛,素有"鸟儿王国"之称。

汽车驶入刚察县境,遥远的天边一幅悬浮的深蓝色的巨幅飘带扑入视野,千万不要以为这个从天边飘来的深蓝色的巨幅飘带是别处的天空,这就是镶嵌在青藏高原上的美丽的青海湖。随着距离的拉近,浩瀚无边的青海湖的容颜也就一目了然。这个时刻,你用"从天而降的蓝宝石"来形容和赞美它,一点儿也不过分。青海湖是"从天而降的蓝宝石",令人心驰神往的鸟岛就是紧挨在这枚硕大无比的"蓝宝石"西北隅的五彩斑斓的透明的翡翠。

每年春天,大批海鸟从印度、尼泊尔等地千里迢迢来到这里繁衍生息,秋天又携儿带女飞回南方。海心山又叫龙驹岛,面积约一平方公里。从前人们在海心山上兴修了不少庙宇和房屋,一些喇嘛在岛上修行,不少牧人到岛上来放牧,"山佛寺"已成为此地独特景观。

人们向往的鸟岛,包括西边的蛋岛和东边的鸬鹚岛。在不同的季节探访,均有异样的景观和收获。蛋岛原名叫海西山,面积较小,形似驼峰,是斑头雁、棕颈鸥、鱼鸥的世袭领地。每年春天,大批的斑头雁、棕颈鸥、鱼鸥等鸟类一同飞赴这里,它们来不及洗刷身上的尘土,顾不上片刻的歇息,便在岛上叽叽喳喳地抢占地盘,忙忙碌碌地筑巢建窝,热热闹闹地安家落户。

青海牧民赖以繁衍生息的青海高原不仅有草原,有湖泊,有飞鸟,有牛羊,还有一位美丽的仙女被一段动人的音乐传颂着。

王洛宾被传唱最广的是《在那遥远的地方》,歌曲记录了发生在青海湖畔金银滩上一个真实的故事。那位好姑娘名字叫作萨耶卓玛。

一九三九年七月,当时在西宁当音乐老师的王洛宾,接受著名导演郑君里的邀请,来到青海海晏县三角城。郑君里准备在这里拍摄一部反映少数民族生活和抗战的电影纪录片《民族万岁》。

王洛宾和摄制组一行人来到青海湖畔的金银滩大草原,驻扎在当地千户长——同曲乎的家里。

摄制组到达的当晚,同曲乎举办了一场盛大的宴会,欢迎远道而来的贵客。宴会上有一个"粉红笑脸,美丽大眼睛"的女孩,载歌载舞。王洛宾不禁被这欢快的藏族歌舞和美丽的姑娘所吸引,她就是千户长的小女儿萨耶卓玛。

那时金银滩上有个说法:"草原上最美的花儿是格桑花,青海湖畔最美的姑娘是萨耶卓玛。"在藏语中,萨耶有保佑之意,卓玛是仙女的意思。

电影中需要一位藏族牧羊女,漂亮的卓玛当然是首选,王洛宾就穿上藏袍客串卓玛的帮工。

据王洛宾生前回忆,摄制组需要拍摄羊群跑满草原的场景,这就苦了扮演牧羊女的卓玛,她毕竟是一个千金小姐,一时乱了手脚,王洛宾便自告奋勇上去帮忙。结果他一不小心一鞭子抽到卓玛骑的马身上,卓玛"回头看了看好像是很生气,又好像是很高兴","当时因为听不懂话,也不知道她

青海湖情愫

什么意思,就继续赶羊。后来没有多大时间,她走到我的后边,我也没留神,她很用力地在我脊背上抽了一鞭子"。

王洛宾木然地留在原地,痴痴地望着消失在草原深处的卓玛,回味着这一鞭的滋味……美丽、奔放的卓玛在歌王的心上留下永生难忘的一鞭。在她的那一皮鞭下,王洛宾写出《在那遥远的地方》这首传世之作。

如今,在王洛宾遇见卓玛的金银滩大草原上,野花盛开,百鸟欢唱,雄鹰展翅飞翔。鲜嫩碧透的绿草为辽阔的大草原铺上厚厚的绿地毯。羊群和牦牛白云般的飘动,骑在马上的藏族汉子或姑娘唱着高亢的藏歌,悠扬深情,演绎着王洛宾与卓玛之间缠绵悱恻的爱情故事。

啊!梦中的仓央嘉措,梦中的卓玛,梦中的青海湖。

女儿国

这个女儿国不是《西游记》里的杜撰的那个,假的,而是闻名遐迩的泸沽湖,真的!想着就向往,就陶醉。

为了撩开神秘女儿国的粉色面纱,为了亲眼看看"走婚",为了了解母系社会如何"母系",众女人飞快收拾行囊,迫不及待地从丽江赶往泸沽湖,好像一群挨打受气的小媳妇终于狂喜地奔赴各自的娘家。当地人告知要翻五座山,五座陡峭的高山,大家都不接茬,心里说,就是八座山也不能放弃此次行程。

行驶在三千多米的盘山公路上,司机并不因为山势的险峻而放慢速度,反而加大脚下的油门。不过,颠簸和黑暗带来的恐惧,并不影响这群人对于向往已久的神秘女儿国——泸沽湖的渴望。

去泸沽湖,完全被泸沽湖的美丽以及摩梭人的神秘所吸引。看过杨二车娜姆写的《走出女儿国》,它描绘了摩梭人这个最后的母系氏族社会的情况,勾起所有人对这个标新立异、激情豪放的独特摩梭女人的好奇,更勾

女儿国

起对生她养她的泸沽湖的好奇。

泸沽湖位于云南省丽江地区宁蒗县永宁乡落水村,山路崎岖蜿蜒曲折,盘山而上盘山而下,要翻过五座二千至三千米的高山才能到达,因此也曾经是全国有名的贫困县,但这样偏远的环境也造就奇美绝伦的景色。

终于到了落水村的摩梭风情路,顺风情路一溜排开的木楞子房,推窗可看见天空明艳,湖水碧蓝如洗,海子一样透亮,湖面烟波缥缈,胭脂般色彩,如同仙女下凡的地方。远处的雪山若隐若现,美不胜收。

由于前一天的雨水使得湖水涨了很多,湖面宽阔饱满,岸边有一个颜色鲜艳的玛尼堆,玛尼堆边上拴着许多五颜六色的长布条,上面写满经文。当地人介绍说每个摩梭村庄都有玛尼堆,当地人为祈求平安祥和而用色彩各异的石头堆建。落水村共有村民五百余人,为了发展旅游业,村里让每家出人划船或牵马,每家一天划船、一天牵马轮流招待游客,月底村里统一分配所得。

泸沽湖中共有五座小岛,岛上住着喇嘛,摩梭人信奉藏传佛教。岸边有数十条猪槽船,因船的形状像猪槽而得名,摩梭人都穿着鲜艳的民族服装迎接远道的客人。游客的目的地是绕里乌比岛和谢娃峨岛、里格岛一圈返回。

划船的以男人居多,皮肤黝黑,五官分明,阳光俊朗。我们坐在船上,一个劲儿地直呼帅哥,要和他合照,帅哥忠厚淳朴,脾气贰好,只笑,配合着摆姿势,然后,继续奋力划船。女游客大笑,说晚上和他"走婚"。

猪槽船一次只能载一个人,也就飘飘然独自享受那蓝天白云,碧波荡漾,绿宝石般的诗情画意的泸沽湖,一时间,"天上天下唯我独尊"的感觉油然而生,很是心旷神怡。

泸沽湖岸边挂着许多摩梭人的头饰、衣服,许多游客兴奋地穿起来照相,猛一看,很滑稽,笑瘫一大片。这时挂衣服的村民,就跑出来一个个追着收钱,有的讨价,他们也不计较,不像其他那些旅游景点做生意的,凶巴

巴的,锱铢必较。

一到吃饭,饭桌上就会有一道猪膘肉,据说摩梭人款待客人时,端上猪膘肉就是最高的礼遇。大概和到蒙古草原吃烤全羊的意义差不多。

入乡随俗,大家拿起筷子夹起一片放在嘴中,猪膘肉立即溶化,淡淡的咸味、五香味、花椒味在嘴中弥散开来,一点没有油腻的感觉。每人尝了一片,都说好吃,也有人不肯吃第二片,大多是女人,说是要减肥。

饭后骑马散步,慢条斯理,不像到草原那样需要奔跑。

晚上,在落水村民聚会的小院子里,摩梭人穿上传统的民族服装为我们表演火塘舞。这一舞蹈本是村民排解一天辛勤劳作的娱乐,现在成为摩梭人相亲的主要方式。跳舞的过程中,姑娘小伙手拉手,谁看上谁,就会用小手指挠挠对方手心,若有回应,就有戏。

明知是表演,但是人人都渴望艳遇,游客们都忍不住冲上去跳,在粗犷奔放的音乐声中,无论是认识的还是不认识的,都拉起手,转圈,抱腰,对歌,搂着肩膀往前跑,每个人大笑,尖叫,狂欢,篝火熊熊燃烧,姑娘花容玉貌,大家高兴地不得了。

接下来走婚开始了。艳遇可以想像,走婚只能"参观",游客们兴奋好奇地四处窥探,希望看见一出真实甜蜜的走婚影像录。

所谓走婚,至今摩梭人仍实行,他们的婚姻不用登记,不受法律约束,结、离都很自由。因为是母系氏族,女人是一家之主,如果男女感情不和,男人就自己离开家庭。但他们并不是社会上传言的性解放,他们的婚姻有严格的制度,女人在跟一个男人共同生活的时候,绝不会跟其他男人来往。如果感情不和,分离后可以同其他男人交往,不存在财产和子女的抚养纠纷,因为那些都是女人所有。他们世世代代这样下来,反而比我们现代社会中的婚姻家庭更加稳定。

手电筒、小刀、帽子、松子壳是走婚不可或缺的四样东西,摩梭人十六岁就可以走婚。遇到中意的人,在晚上夜深人静后,男子会爬到女孩子家

女儿国

的墙上用手电筒打信号,如果女孩子用手电回应了,男孩子就可以翻墙进到院子里来,用小刀撬开窗户,把帽子挂到门口,告诉别人今天这个女孩子有走婚的。慢慢地,两个人就组成固定的家庭。

游客们兴奋地在黑暗中守望着,一声门响,一道月光,一个女人的背影,一个男人的眼神,都在想像中五彩斑斓地放大,我们创造着许多发生在我们眼皮子底下的精彩约会,自己被自己编的故事感动着。

很多人在这个过程中睡着了,其实什么也没有发生,也可能什么都发生了,但它不会在猎奇和观赏中登台演绎,而是在摩梭人世世代代的日子里,真实而平凡地进行着。

它不是旅游途中的文艺节目,而是泸沽湖生命的繁衍生息。

我住这家的女主人叫峨姆,很年轻,很朴实,三十多岁,有一个女儿、两个儿子,来自于三次"走婚",但最终是她独自养着三个孩子,担当着一家人的生活重担。她每天的农活干得从容有序,家里收拾得井井有条,非常干净,孩子养得白白胖胖的。我们表扬她,她腼腆地笑了一下,没回答,但笑容动人,红润清秀,大家嘀咕,她一定是摩梭男人喜欢的那种女人。

晚上,我们真发现有一顶漂亮的帽子挂在她家门上,看这帽子,一定是个年轻帅气的男人,欣喜之余,众人都放弃了"偷看"的强烈愿望,反而因为怕打搅她而故意跑得很远,从内心祝福她今晚花好月圆,再添一个宝宝。

泸沽湖摩梭人称为"谢纳咪","谢纳"是一大片水的意思,"咪"含有"阴""女""母"的意思,至今男不婚,女不嫁,只建立偶居的母系社会关系,子女留母家,随母姓,孩子没有爸爸,只有舅舅,好神秘,好有意思!

感叹中,也存一份担心,不知他们这个古老、纯朴、神秘的"东方女儿国",在今天飞速发展的社会,还能维系多久?摩梭文化在浩如烟海的民族文化中是否永远存有一席之地?摩梭女人的母系社会能不能青山常在,绿水长流?

龙门石窟

写龙门石窟自然会想到云冈石窟,云冈石窟是在龙门石窟后面去的,和龙门石窟差了几年,自然风化非常严重,眼睁睁看着许多洞窟塌陷,里面的"人"少胳膊断腿,有些巨大的佛几乎成了小半个土堆,过去清秀的佛脸因蚀化变得一片模糊,与景区的大片绿地、宽阔道路、豪华驿馆以及宏伟建筑相比,云冈石窟完整而可以参观的地方已少得可怜,而且灰头土脸,气息奄奄,不知还能维持多久。

失望与心疼中,特别想念曾经膜拜过的龙门石窟,想念那些保存相当完好,轮廓清晰完整,面相丰满圆润,两肩宽厚,衣纹简洁流畅的佛像。

经常,她们栩栩如生地在我脑海出现,如同我前世的亲人,不知是否安好。

龙门石窟是中国四大石窟之一,位于洛阳市城南十三公里。

游览龙门石窟,印象很深的是要发一个小巧的解说

龙门石窟

器,打开开关,戴上耳机,就像一路上有个优秀的导游跟着。

据史料记载,龙门石窟开凿于北魏孝文帝由山西大同迁都洛阳前后。历经东魏、西魏、北齐、北周、隋、唐和北宋等朝代,雕凿时间断断续续达四百年之久。两山现存大小洞窟二千三百四十五个,佛像十万余尊,碑刻题记二千八百四十余块,石刻佛塔六十余座。

佛教从公元元年传入中国,经过近四百余年的兴兴衰衰,到拓跋氏建立北魏,达到鼎盛时期。随着佛教的传播,佛像、壁画、石窟寺院等也得到空前的发展。我国现存的云冈石窟、敦煌莫高窟、麦基山石窟以及龙门石窟这四大石窟,就是在这个时期逐渐开凿的。可以想像,在佛教鼎盛的北魏王朝,不论是皇帝太后、王公大臣,还是士农工商、平民百姓,人人对观音菩萨吟经揖手,顶礼膜拜,伊河两岸应该算是"梵语佛音弘龙门"了。

宾阳中洞是北魏时期代表性的洞窟,是北魏宣武帝为父亲孝文帝做功德而建。动开工到建成历时二十四年,用工达八十万人,后因发生宫廷政变以及主持人刘腾病故,计划中的三所洞窟仅完成一所,南洞和北洞的主要造像都于初唐时才完成。

接着是莲花洞,莲花洞因窟顶雕有高浮雕的大莲花而得名,此洞大约开凿于北魏年间。莲花是佛教象征的名物,意为出淤泥而不染。因此,佛教石窟窟顶多以莲花作为装饰,但像莲花洞窟顶这样硕大精美的高浮雕大莲花,在龙门石窟也不多见。莲花周围的飞天体态轻盈,细腰长裙,姿态自如。

古阳洞在龙门山的南段,开凿于四九三年,是龙门石窟造像群中开凿最早、佛教内容最丰富、书法艺术最高的。它规模宏伟,气势壮观。洞中北壁刻有楷体"古阳洞"三个字,到了清末光绪年间,道教徒将主像释迦牟尼涂改成太上老君的形象,传说老子曾在这儿炼丹,所以古阳洞又叫老君洞。

擂鼓台北洞是龙门石窟中开凿较早,规模最大的密宗造像石窟,密宗属于中国佛教,它源于印度,产生于公元七世纪以后,佛教的密教是佛教中

的最后一个派别，密教传入中国，在中国的弘扬，乃至远播日本、朝鲜，甚至密宗领袖和他们的宗教活动，都和洛阳及龙门石窟有着十分密切的关系。

潜溪寺是龙门西山北端第一个大窟。是游客最多的地方。它高、宽各九米多，进深近七米，大约建于一千三百多年前的唐代初期。窟顶藻井为一朵浅刻大莲花，主佛阿弥陀佛端坐在须弥台上，面颐丰满，胸部隆起，衣纹斜垂座前，身体各部比例匀称，神情睿智，整个姿态给人以静穆慈祥之感。主佛左侧为大弟子迦叶，右侧为小弟子阿难。南壁的大势至菩萨，造型丰满敦厚，仪态文静，阿弥陀佛与两侧的两位菩萨共称为西方三圣，即掌管西方极乐世界的三位圣人，是佛教净土宗信仰的对象。

万佛洞因洞内南北两侧雕有整齐排列的一万五千尊小佛而得名。洞窟呈前后室结构，前室造二力士、二狮子，后室造一佛二弟子二菩萨二天王，是龙门石窟造像组合最完整的洞窟。窟顶有一朵精美的莲花，环绕莲花周围的为一则碑刻题记："大唐永隆元年十一月三十日成，大监姚神表，内道场智运禅师，一万五千尊像一龛。"碑记说明该洞窟是在宫中二品女官姚神表和内道场智运禅师的主持下开凿的。

洞内主佛为阿弥陀佛，端坐于双层莲花座上，面相丰满圆润，两肩宽厚，简洁流畅的衣纹运用了唐代浑圆刀的雕刻手法。主佛背后还有五十二朵莲花，每朵莲花上都端坐一位供养菩萨，她们或坐或侧，或手持莲花，或窃窃私语，神情各异，像是不同少女的群体像。

从整个雕塑看，洛阳的龙门石窟已经抛弃云冈石窟、敦煌莫高窟那种线条粗放的雕刻法，影像更加接近现实生活中的人物造型，随性，自然，可能是宗教已然深入人心，佛在人们心里已经日趋平常，精神思想及万事万物已构成佛中有我，我中有佛的神圣境界，如同血浓于水。

这也许正是当初挖凿龙门石窟的初衷吧。

邂逅麦积山

麦积山石窟是中国四大石窟之一,如果你去过龙门石窟、云冈石窟和敦煌莫高窟,那千万别忘了去麦积山石窟。它完全没有外来艺术的影响,很"中国",很"老庄",虽是天堂的神,却像世俗的人,非常独特。关键是目前去的人不多,很能享受旅途中的那份心灵狂野的独自放飞。

麦积山位于甘肃天水,属秦岭山脉。

古书记载:"麦积山者,崛起一块石,高百万寻,望之团团,如农家积麦之状,故有此名。"写得相当妙,看起来那个山真的是很"团团"。

我去了两次,都是从兰州过去的,跨甘南草原,凌晨三点出发,一路散漫,沿途走了七八个小时。屁股和腰在车里几乎麻木时,就爬下车一番"徒步"前进。几番折腾,脚也起泡,累得不轻。好在麦积山周围风景秀丽,一点没有西部的苍凉和贫瘠,反而有点江南丰丽的奢侈,沿途各种瓜果甜而多汁,又便宜,看着就挪不动脚,干脆

就守着农家的瓜棚果树，看着远处的牛羊和脚边的格桑花，像熊一样，抱在怀里啃了一个昏天黑地，耽误许多时辰。

从天水市东南方向大约行五十公里，就来到天水麦积区麦积山乡南侧的山谷。

首先进入视线的就是那状如积麦之垛的山崖，周身褐红，拔地而起，独树一帜，十分壮观。据说麦积山是西秦岭山脉小陇山中的一座孤峰，为秦州十景之一。

半山腰一条条细细的栈道蜿蜒曲折，犹如几条丝带交错盘旋，也像一幅幅几何形的画面，悬挂在几十米高的悬崖峭壁上，勾连着洞窟与洞窟之间的出入路径，环环相扣，雄奇而密实。顺势往上看，还可以看到险峻的山顶上矗立着几株长青的松柏，腾云驾雾，孤傲特行。

因为麦积山石窟悬在半空，到地方自然是要仰头往上看，一望，果然惊艳，甚至有点惊心动魄。

先看见麦垛似的半山上悬空站着三个十五米高的石窟主佛像，虽已遭风雨剥蚀，但仍然雄浑端庄、栩栩如生，这些甘肃的佛仙衣着简朴，不具时尚，神态也很谦和，完全没有释迦牟尼那种神威，看着却像邻人般亲切。原来麦积山的塑像有两大明显的特点——强烈的民族意识和世俗化的趋向。听说这些佛像始建于后秦，历经北魏、西魏、北周、隋、唐、五代、宋、元、明、清，历代不断开凿和修缮，现存以北朝造像居多。

其他那些洞窟所处位置极其惊险，大都开凿在悬崖峭壁之上，洞窟之间进出全靠架设在崖面上的凌空栈道。要想"串门"很难，只能像"蜘蛛人"一样悬在外面的栈道上往里面爬，我大声招呼问候，佛们就是蹲在洞里不探头，哎呦我的妈呀！简直想像不出来这些被誉为"东方维纳斯"的国之尊宝是怎样在外面捏好又放进去，那些栈道是怎样修起来的，只能疑似有神人相助。

在攀登上这些蜿蜒曲折的凌空栈道时，觉得山和栈道都在晃，吓得不

邂逅麦积山

断尖叫,两腿发软,冷汗直冒,胆战心惊,全身的汗毛都竖起来了。好在有洞窟里那上千个和蔼可亲、很慈悲、很勇敢、很憨厚、很沉着的泥佛们保佑,终于是有惊无险。

经查资料,麦积山是一个完整的山体,属于典型的丹霞地貌。石窟约建于五世纪至明代,此山高一百四十多米,是一座佛教石窟寺。窟龛多凌空开凿在山崖峭壁间,窟形有人字坡顶、方楣四面坡顶、拱楣、穹顶、平顶等。

唐开元二十二年,天水一带发生强烈地震,使崖面中间部分塌毁,整个窟群便分为东崖和西崖两部分,今存窟龛一百九十四个,历代大小造像七千两百余尊,壁画近一千三百多平方米。由于麦积山石质松散,不宜精雕细镂,所以大多采用泥塑和绘画,尤以泥塑艺术见长,被誉为"东方雕塑艺术馆"。麦积山塑像,主要题材有佛、菩萨、弟子、天王、力士等,尽管各代塑像同处一堂,但并不因袭模仿,而是保持着各自的时代特色,系统地反映了我国泥塑艺术的发展和演变过程。

栈道头顶上方的龛窟密如峰房,大都依窟建檐,层层相叠,别有韵致地分布在整个陡峻崖壁。因石窟建在整个山上,凭崖而凿的一组组雕刻造像,全靠架设在空中的栈道连接,于是每个石窟间连接的木梯更是错综复杂。真的难以想象,古人在这本不适合雕像的沙砾岩崖体上,灵活巧妙地用多种手法,向世人呈现了这精美绝伦的艺术瑰宝。在这曲折的栈道回廊蜿蜒往返,流连于一个个巧妙的崖阁、摩窟、摩崖龛、山楼、走廊中,置身于其景,仿佛到了佛国。

当然,麦积山石窟历经唐、宋、元、明不断修缮,造像已非初始原貌。但每个洞窟里大小不一的石龛佛像都神形兼备,历经风雨的侵蚀至今仍然栩栩如生。大小各异的圆塑、浮塑、影塑、壁塑,从不同的体形曲线到别样的姿态服饰,均显示出当年塑作技艺的高超。

尤其东崖上方高处殿堂式大窟的那著名的三大佛,距地高约七十米。

中间一座佛,神态自然,体态丰满,庄严可亲,华美而不俗。两旁的佛像也紧紧相依,一个举掌端坐,慈祥和悦;另一个垂手握瓶,眉目传情。他们的一笑一颦中,充满着凡人的情感。

历经风风雨雨,岁月沧桑,麦积山的泥塑彩妆在大自然的风化和地震、火灾的不断破坏侵蚀下,目前有的石龛佛像上残存的色彩已不鲜亮,有的石雕佛像上的泥塑也大都脱落,还有的壁画上的佛、菩萨彩绘也均匀不齐。为了防止佛像被盗和破坏,而今,不少洞窟还上了木门,但透过纱窗,仍能看到里面的佛像眉目清秀,生动传神。

去过其他的石窟,发现在中国四大石窟中,麦积山最为天然秀美,所以自古被誉为"秦地林泉之冠"。小雨飘飞,薄云萦绕,烟霞弥漫之时,"麦积烟雨"如梦如幻,充满诗情画意。

站在这凌空穿云般的栈道上,很难想像那些古代的工匠们,是怎样地在如此陡峻的悬崖上上下攀爬,用自己的手和不知道是怎样的工具,开凿出这成百上千的洞窟和佛像。

据记载:"自平地积薪,至于岩巅,从上镌凿其龛室神像,功毕,旋拆薪而下,然后梯空架险而上。"当年开凿洞窟,从下堆积木材,达到高处,然后施工,营造一层,木材拆除一层,直到山脚。至今附近百姓还流传着"砍完南山柴,修起麦积崖","先有万丈柴,后有麦积崖"的谚语。

五代诗人王仁裕写下"蹑尽悬崖万仞梯,等闲身与白云齐;檐前下视群山小,堂上平分落日低;绝顶路危人少到,古岩松健鹤频栖;天边为要留名姓,拂石殷勤手自题"的诗句,以赞麦积山的美、麦积山石窟的险。

离开麦积山时再次举目翘首,只见麦积山孤峰傲立,清净和谐,崖壁上的佛龛也深藏在隐隐约约的薄雾中,蕴涵着佛家的宁静与禅意,多少年来,那一尊尊活灵活现的佛像,始终俯瞰红尘百态,惬意修行,超度众生。

到过麦积山的体会很独特,没有前世的困惑,只有今生的亲切,即使走出了很远,还会有一种说不出的质朴和风清月白。

钗头凤

钗头凤,古代女人插在发髻上的凤簪,陆游当年迎娶唐婉的家传聘礼;

《钗头凤》,东风恶,欢情薄,悲陆悼唐的一曲挽歌。

黄昏,从兰亭公园、鲁迅故居、三味书屋出来,钻进一艘乌篷船,跟船夫说:"沈园。"

到了目的地,心里有些激动。

"红酥手,黄縢酒,满城春色宫墙柳。东风恶,欢情薄,一怀愁绪,几年离索。错,错,错。春如旧,人空瘦,泪痕红浥鲛绡透。桃花落,闲池阁。山盟虽在,锦书难托。莫,莫,莫!"

虽然从古至今,月有阴晴圆缺,人有悲欢离合,此事古难全。但读罢《钗头凤》,还是让人扼腕叹息,辗转难眠。

沈园不大,曲径通幽,小桥流水,亭台楼阁、江南园林。记得有个池塘浓绿淡荷,花自飘零,在夕阳斜照中,斑驳着沧桑而久远的"梧桐细雨"。空阔的庭院里开着

许多黄花,洒落一地,寂寞无主,无限悲怆。

晚来风急,并未在陆游生平陈列室等景点多逗留,而是脚步匆匆,直奔那八百年前留下的题壁而去,唯恐和这一对才子佳人擦肩而过,误了百世修得的这一刻神魄交流的缘。

下了石桥,《钗头凤》的题壁赫然出现在眼前。此刻,历史像水一样退去,通过这横陈于世的石壁题诗,这一对伤心之人,在这伤心之地,向后人诉说着这伤心之情。

历史如同素笺,点点滴滴,寻寻觅觅,冷冷清清。幸福的家庭都是一样的,不幸的家庭各有各的不幸。

陆游是南宋时期著名的爱国诗人,和唐婉是表兄妹。幼年时期,正值金人南侵,常随家人四处逃难。这时,母舅唐诚一家与陆家交往甚多。两人青梅竹马,耳鬓厮磨,随着年龄的增长,彼此心中渐渐滋生了爱。

青春年华的陆游与唐婉都擅长诗词,他们常借诗词倾诉衷肠,花前月下,二人吟诗作对,互相唱和,两家父母和众亲朋好友也都认为他们是天造地设的一对,于是陆家就以一只精美无比的家传凤钗作信物,订下了唐家这门亲上加亲的姻事。成年后,唐婉便成了陆家的媳妇。

从此,陆游、唐婉更是情爱弥深,沉醉于两个人的天地中,不知今夕何夕,把什么科举课业、功名利禄,甚至家人至亲,都暂时抛于九霄云外。陆游此时荫补登仕郎,但这只是进仕为官的第一步,紧接着还要赴临安参加会试。新婚燕尔的陆游流连于温柔乡里,根本无暇顾及功课。陆游的母亲唐氏威严而专横,一心盼望儿子金榜题名,登科进官,以光耀门庭。目睹眼下的状况,她大为不满,几次以姑姑的身份,更以婆婆的立场对唐婉大加训斥,责令她以丈夫的科举前途为重,淡薄儿女之情。

但陆唐二人情意缠绵,无以复顾,情况始终未见显著改善。陆母因之对儿媳大起反感,认为唐婉是陆家的扫帚星,将把儿子的前程耽误殆尽。于是她来到郊外无量庵,请庵中尼姑妙因为儿、媳卜算命运。妙因一番掐

钗头凤

算后,煞有介事地说:"唐婉与陆游八字不合,先是予以误导,终必性命难保。"陆母闻言,吓得魂飞魄散,急匆匆赶回家,叫来陆游,强令他道:"速立一纸休书,将唐婉休弃,否则老身与之同尽。"面对态度坚决的母亲,陆游除了暗自饮泣,别无他法。

迫于母命难违,陆游只得答应把唐婉送回娘家。

陆游母亲之所以如此强硬,还有一个原因,唐婉一直未生育,不孝有三,无后为大,所以陆母干脆一了百了。

陆游与唐婉难舍难分,悄悄另筑别院安置唐婉,有机会就前去探望,诉说相思之苦。无奈纸总包不住火,精明的陆母很快就察觉此事。严令二人断绝来往,并为陆游另娶温顺本分的王氏女为妻,彻底切断陆唐之间的悠悠情丝。

无奈之下,陆游只得收拾起满腔的幽怨,埋头苦读三年,在二十七岁那年只身离开故乡山阴,前往临安考试。在临安,陆游以他扎实的经学功底和才气横溢的文思博得考官陆阜的赏识,被荐为魁首。同科试获取第二名的恰好是当朝宰相秦桧的孙子秦埙。秦桧深感脸上无光,于是在第二年春天的礼部会试时,硬是拿掉陆游的名次。陆游的仕途在一开始就遭受挫折。

礼部会试失利,陆游回到家乡,睹物思人,心中倍感凄凉。为了排遣愁绪,陆游时时独自徜徉青山绿水之中,或者闲坐野寺探幽访古;或者出入酒肆把酒吟诗;或者浪迹街市狂歌恸哭。

在一个繁花竞妍的春日晌午,陆游随意漫步进禹迹寺的沈园。沈园当时是本地人游春赏花的去处。在园林深处的幽径上迎面款步走来一位倩然女子,低首信步的陆游猛一抬头,竟是阔别数年的前妻唐婉。

在那一刹那,两人的目光胶着在一起,都感觉得恍不知是梦是真。此时的唐婉,已由家人做主嫁给同郡士人赵士程,赵家系皇家后裔,门庭显赫。赵士程是个宽厚重情的读书人,他对曾经遭受情感挫折的唐婉,表现出诚挚的同情与谅解,经常带着妻子一起游玩沈园。

与陆游的不期而遇，无疑使唐婉已经封闭的心灵重新打开，积蓄已久的旧日柔情、千般委屈一下子奔泻出来。

  遥见唐婉与赵士程正在池中水榭上用餐，隐隐看见唐婉低首蹙眉，有心无心地伸出玉手红袖，与赵士程浅斟慢饮。这一似曾相识的场景，看得陆游的心都碎了。昨日情梦、今日痴怨尽绕心头，感慨万端，于是提笔写下《钗头凤》。

  随后，秦桧病死，朝中重新召用陆游，陆游奉命出任宁德主簿，远远离开故乡山阴。

  第二年春天，唐婉再次来到沈园，徘徊在曲径回廊之间，忽然瞥见陆游的题词。反复吟诵，泪流满面，不知不觉中和了一阕词，题在陆游的词后："世情薄，人情恶，雨送黄昏花易落。晓风干，泪痕残。欲笺心事，独倚斜栏。难，难，难！人成各，今非昨，病魂常似秋千索。角声寒，夜阑珊。怕人寻问，咽泪装欢。瞒，瞒，瞒。"

  自此唐琬一病不起，年纪轻轻便香魂一缕随风散了。

  在唐琬离开人世四十年之后，陆游到沈园故地重游。

  此时的陆游，仕途正春风得意。他的文才颇受新登基的宋孝宗的称赏，被赐进士出身。以后仕途通畅，一直做到宝华阁侍制。这期间，他除了尽心为政外，也写下了大量反映忧国忧民思想的诗词。到七十五岁时，他上书告老，蒙赐金紫绶还乡了。

  陆游浪迹天涯数十年，企图借此忘却他与唐婉的凄婉往事，然而离家越远，唐婉的影子就越萦绕在他的心头。此番倦游归来，唐婉早已香消玉殒，自己也已至垂暮之年，然而对旧事、对沈园依然怀有深切的眷恋。他常常在沈园幽径上踽踽独行，追忆着深印在脑海中那惊鸿一瞥。

  离开时脚步有些沉重，想偌大沈园，虽红酥手、黄滕酒，却还是装不完载不动陆唐二人的悲欢离合、千古情愁。

  叹，叹，叹。

回眸华清池

辗转陕西各景,高天厚土,炎黄血脉,壶口黄河,秦皇兵俑,最后落笔西安骊山华清池。

不为杨贵妃,实为白居易,白居易的《长恨歌》是我文学的启蒙,在牙牙学语时,我那位十分热爱中国古典文学的母亲抱着我,独自在书房里热泪盈眶地高声朗诵,结果那个华清池也就"哗塌"一声落在我的记忆里了。

特别是那句"回眸一笑百媚生,六宫粉黛无颜色",让我曾经无限遐想历史深处的那个女人睡眼惺忪的黑漆漆的凤眸。

从大处说,华清池,位于西安东约三十公里的临潼骊山脚下,是著名的温泉胜地,在陕西建都的历代天子,都将这块风水宝地作为他们的行宫别苑。唐玄宗时又大兴土木,治汤井为池,环山列宫殿,达到历史之鼎盛。今天的华清池以唐玄宗和杨贵妃的情爱罗曼史而闻名于世。

从小处说,就是一个有些姿色的女人洗澡的地方,当然这个女人身份高贵,是皇帝的小老婆,如果家丑可以外扬的话,这女人其实是李隆基的儿媳妇。

古往今来,帝王总是最会享受的特权人物,他们极尽权欲奢侈,杨贵妃喜欢吃新鲜的荔枝,李隆基就派人从天涯海角的五指山策马日夜狂奔,累得人仰马翻,"一骑红尘妃子笑,无人知是荔枝来";杨贵妃的亲戚喜欢显贵,李隆基就给她们都安排了官职,闹得社会上都认为"姊妹弟兄皆列土,只重生女不生男";杨贵妃丰腴怕热,李隆基就大费周折地为她监造五星级高档浴室,让她云"鬓花颜金步摇,芙蓉帐暖度春宵"。

白居易用"温泉水滑洗凝脂"来形容杨贵妃的澡堂子,"侍儿扶起娇无力,始是新承恩泽时"的细节说明这个澡堂的内部装修十分精心、齐全、到位,十分人性化。

华清池坐落在旖旎秀美的骊山,骊山顶上的有个烽火台,说是当年周幽王"烽火戏诸侯,一笑失天下"的典故发生地。

周幽王,周宣王之子,西周最后一代周王。

据说周幽王这个人什么国家大事都不管,光知道吃喝玩乐,沉湎酒色,不理国事,昏庸无能。在位时,各种社会矛盾急剧尖锐化,政局不稳,地震、旱灾屡次发生。幽王变本加厉地加重剥削,任用贪财好利善于逢迎的虢石父主持朝政,引起国人怨愤。他又听信宠妃褒姒的谗言,废掉申王后及太子宜臼,立褒姒为后,立褒姒之子伯服为太子。

最荒唐的是,周幽王为博美人褒姒一笑居然烽火戏诸侯,这最终导致周王朝的灭亡。

《史记》说周幽王"性暴戾,少思维,耽声色"。

麻烦了,这两家女人有异曲同工之处,居然住在一起?

可能考虑杨贵妃天天洗澡,自己不洗也说不过去。于是李隆基也搞了个"莲花汤"。后人在池旁挂着白居易的《长恨歌》,细说李杨的情事、安史

回眸华清池

之乱的根源和大唐由盛及衰的历史宿命。颇有幸灾乐祸,看热闹的嫌疑。

皇帝夫妻爱洗澡,大臣们也不甘落后,紧跟着"莲花汤"的是"尚食汤"——供大臣们沐浴之处,分成大小两个方池,无特别的形状。其"汤水"从上游的"莲花汤"通过暗道排入,皇帝的洗澡水流下来赏赐给大臣们洗。疑惑这些部下会不会嫌脏?陕西缺水,大臣们能在这池中"沐浴龙恩",解解暑气,估计也是一件巴心不得的事情。

"海棠汤"池形如海棠,是杨贵妃享用的浴盆。

看到"海棠汤"三个字,想象汤如翡,水如碧,人如玉,红纱落帐中一个若隐若现裸着雪白肌肤的香艳女人在沐浴。

说实话,当真看到那池子时,却非常非常失望。

不知是不是没了贵妃的缘故,华清池犹如废弃的枯井,显得颓丧而荒凉,落暮而苍老。关键是温泉枯竭,池子里一滴水都没有,四面干巴巴,硬邦邦的,像个晒咸鱼的储藏间,一派"苏三起解"的凄风苦雨状。

反正,无论如何不能和那个泡在水里雍容华贵、千娇百媚、滑嫩无骨的女人联系在一起。

莫不是这段历史早已灰飞烟灭,玉环老矣?伤感。

其实可以搞一点水放在里面,虚假繁荣一下,让千里迢迢奔杨贵妃而来的游客们心里留一点慰藉,留一点诗意。比如贵州的黄果树瀑布的水不就是人工引上去的吗?照样"瀑"得很自然,没有一个退票的。

既然洗澡水已经如此这般,那李隆基为杨贵妃和宫女跳舞而创作的《霓裳羽衣曲》,还能跨越千年的时空吗?肯定不能,所以,虽然那厢边现代的帅哥美女跳得汗流浃背,但一听音乐就是蒙古舞的翻版,兴趣索然。

看来,只有白居易是真实的,只有《长恨歌》是真实的。

《长恨歌》自流传以来,上至朝廷、士大夫、皇亲贵族和显赫人家,下到贩夫走卒,乡村妇孺,莫不被其辉煌浪漫和飞扬的文采所折服。

就连当时的卖笑女,也自恃能通篇背诵《长恨歌》而索要高价……

　　《长恨歌》里,"骊宫高处入青云,仙乐风飘处处闻"的歌舞升平中,君王与妃子发生情深意浓、缠绵坚贞的爱情故事,好像你侬我侬,天作之合,其实是在错误的地方遇见错误的人,导致了一个错误的历史。要不白居易也不会大动感情,把个颠鸾倒凤的来龙去脉写得回肠荡气。

　　据史料记载,李隆基生于神都洛阳,是武则天的孙子。英明果断,多才多艺,知晓音律,擅长书法,仪表雄伟俊丽,算是大帅哥一个。

　　唐隆元年,李隆基与太平公主联手发动"唐隆政变"诛杀韦后。开元元年李隆基接受父亲李旦的禅位,后赐死太平公主,取得国家的最高统治权。在位四十四年的李隆基,前期注意拨乱反正,任用姚崇、宋璟等贤相,革新吏治,武功显赫,励精图治,繁荣经济,将唐朝带入极盛的开元之世,功不可没。

　　可同样是这个李隆基,在国运昌隆之时,任用逸臣家奴。宠爱杨贵妃,怠慢朝政,宠信奸臣李林甫、杨国忠,重用安禄山等塞外民族首领试图稳定唐王朝的边疆,结果导致边疆烽烟再起,一手促成安史之乱……

　　直到渔阳鼙鼓动地来,惊破霓裳羽衣曲。六军不发无奈何,宛转蛾眉马前死。花钿委地无人收,翠翘金雀玉搔头。

　　李隆基悲痛万分、惊恐万状眼睁睁看着自己喜欢的女人在血泊中垂死挣扎,呜咽喘气,直至命归黄泉,虽百般不舍,却救她不得,于是掩面大声哭泣,在漫天的黄土和飞絮中,肝肠寸断,一步一回头。

　　战乱结束,李隆基又回到长安,触景伤情,茶饭不思,朝朝暮暮地想念杨贵妃。做梦产生幻觉,认为杨贵妃没有死,在海外某个仙山上待着,还羞答答地传信过来,说一直在等他。李隆基喜极而泣,立即带着九十九朵玫瑰花为那份前世今生的爱去赴约。但"排空驭气奔如电,升天入地求之遍。上穷碧落下黄泉,两处茫茫皆不见",他是如何绝望崩溃,可想而知。

　　垂暮之年,李隆基已经意识模糊,但他还记得七月七日长生殿,夜半无人私语时,他和杨贵妃"在天愿作比翼鸟,在地愿为连理枝"的爱情宣言,以

回眸华清池

至于为情唏嘘,老泪纵横。

这段恩爱听起来很美,因为是白居易写的,没有人怀疑它的真实性,但一想到两人有悖常伦,心理上还是有点不舒服,甚至于替他们尴尬。

两人简单来说就是公公和儿媳妇的关系,杨玉环原本是唐代蒲州永乐人,天生丽质,通晓音律,善弹琵琶,能歌善舞。十七岁时,武惠妃洛阳选王妃,挑中杨玉环,成为李隆基的第十八子寿王李瑁的王妃,但李隆基看见杨玉环姿色后,欲纳入宫中,于是以"做女道士"为名召之入宫,一番暗度陈仓,于天宝四年封为贵妃,,时玄宗年六十一,贵妃年二十七。

所以,李隆基对杨贵妃的宠幸牵涉政治权利,显贵私欲,动摇了国家的根基,导致两人的千古爱情不得善终。

虽然是文学创作,但李杨二人情况复杂,不比民妇孟姜女哭长城情节单纯,才华横溢的白居易也想不出任何别的结局。

只好——天长地久有时尽,此恨绵绵无绝期。

其实读《长恨歌》,虽然洋洋洒洒,但就这两句是作者想说的。

五台山朝圣

才凌晨四点,就被叫醒,说来五台山凌晨必去五爷庙烧第一炷香,五爷庙为万佛阁北殿,殿内供奉的五爷是广济龙王文殊菩萨,也是五台山五顶文殊菩萨的化身,那里是五台山香火最盛的寺庙,扮演着民间俗神的角色,寄托着民众的祈福和愿望,据说五爷爱民如子,有求必应。

有些心动,既然大老远来了,就把虔诚进行到底。

天还很黑,只看见前后跟进的人影儿,大家都不作声,有点敌后武工队夜行军的架势。爬了很久,有些气喘吁吁。

入得庙来,不如想像的那么辉煌,特别是和五台山其他那些个金碧辉煌的寺庙相比,甚至有些简陋。不过山不在高,有仙则灵,何况这是一个大仙。

一踏进去,里面烟熏火燎,人山人海,梵音鼎沸。我入乡随俗,随喜"请"了香烛,费用不菲。那个烛台是粉红色的两朵小莲花,因为好看,我不由思想在瞬间开了

五台山朝圣

半会儿小差。

随人流去五爷的宅子里许愿,遇一老妈热情帮我燃烛擎香,指点如何跪拜四方神灵等礼仪,她说她是"志愿者",还告诫心诚则灵。礼毕,见老妈逡巡不去,乃悟,掏钱包!

五爷家有一个戏台,不知道唱什么戏?但有几分尘俗亲切之气,人神同欢,其乐融融。故想到刚才指路仙人有凡心,也不要大惊小怪就是了。

此行山西,就为高山仰止。

五台山,位于山西省境内的东北部,与浙江普陀山、四川峨眉山、安徽九华山并称为中国四大佛教名山,属太行山系的北端。跨忻州地区的五台县、繁峙县、代县、原平县、定襄县,周五百余里。中心地区台怀镇,距五台县城七十八公里,忻州市一百五十公里,山西省会太原市两百四十公里。五台山与尼泊尔蓝毗坭花园、印度拘尸那迦、印度鹿野苑、印度菩提伽耶、并称为世界五大佛教圣地,或者世界五大佛教名山。

五台山景区很大,神佛们住得很远,景区内的观光车像伦敦的地铁,搞不清方向就找不着北,从这一个山到那一个庙,要走很远。烈日下,苦不堪言。但在佛的地盘儿,不敢埋怨。

五台山因其五座主峰峰顶平缓有如垒土之台而得名,这五座台顶上分别供奉着文殊菩萨的五个法身,又称五方文殊。东台望海峰,海拔二千七百九十五米,有寺名曰望海,主供聪明文殊,拜之可使人聪明。北台叶斗峰,海拔三千零五十八米,为华北最高峰,有华北屋脊之称,有寺名曰灵应,主供无垢文殊,拜之可心地纯净、一尘不染。中台翠岩峰,海拔二千八百九十四米,台顶遍布龙翻石,有寺名曰演教,主供儒童文殊,他是西方宗教中国本土化的典型产物。西台挂月峰,海拔二千七百七十三米,有寺名曰法雷,主供狮子文殊,拜之可使人勇敢。南台锦绣峰,海拔二千四百八十五米,有寺名曰普济,主供智慧文殊,拜之可使人获得无穷智慧。此外,在佛国中心台怀镇,还有一座黛螺顶,集文殊菩萨的五种法身于一寺。

朝拜五台山,是许多佛教信徒的梦想,他们称朝拜黛螺顶为小朝台,上五个台顶朝拜五方文殊为大朝台,最虔诚的佛教信徒们往往以徒步甚至一步一叩的方式来完成大朝台。

近几年,徒步大朝台,已经成为山西户外运动的一条里程碑线路,每年都会有全国各地的广大驴友在不同季节行走在这条令人神往的朝台路上。

我不可能健步大朝台,只能亦步亦趋转寺庙。

记得先去菩萨顶。菩萨顶是五台山最大的喇嘛寺院,主要建筑和布置都具有浓烈的喇嘛教色彩。相传菩萨顶是大智文殊师利菩萨的道场,文殊菩萨就住在山顶上,故称菩萨顶,也叫文殊寺,远远望去,成片的寺庙群高踞陡峭的山顶,像飞翔的鹰。

从山脚登寺院,须攀爬一百零八级台阶,台阶下先看见一个巨大的影壁,一人多高处上书一个大大的"佛"字。

文殊菩萨是分管读书做官工作的佛,登一百单八个台阶时要庄重虔诚,不可妄语,更不能回头看,否则官途必遇蹇钝,注意观察那些爬台阶时闭着眼睛、撅着屁股朝前拱的游客,心中暗笑。

寺院内有康熙乾隆嘉庆立的三通石碑,四面分别刻汉满蒙藏四种文字,在千年古松前巍然屹立。菩萨顶是一个藏传佛教寺院,即黄庙,俗称喇嘛庙,五台山藏传佛教属宗喀巴大师创立的格鲁派,寺里喇嘛穿黄衣戴黄帽,风格做派自成一统。

下了菩萨顶,到从菩萨顶下山到显通寺,显通寺是五台山上最大的一所寺庙,号称中国第一所寺庙,寺内有著名的铜塔。

或者到塔院寺。塔院寺是五台山五大禅处之一,因大白塔而名声大震。中外游客、善男信女们不绝于路,还有好多藏地过来的信徒,匍匐在地,一步一叩长头,虔诚之极。

步入塔院寺内,迎面是大慈延寿宝殿,殿前香炉烛火正旺青烟弥漫,人们挤挤挨挨地点燃许愿的莲花灯,四面八方烧高香,跪拜礼佛。每个人口

五台山朝圣

中都在念念有词。

延寿宝殿后面是巍峨高大的白塔,造型浑圆庄重,在塔下面,风铃清脆,佛光威严。白塔座基呈八角形,其南面有一浅浅的石洞,雕着释迦牟尼佛祖的足迹,也许是佛祖的显赫,使此白塔万世荣耀。

白塔后面是藏经阁,院里松柏苍翠,小鸟在人群中飞来飞去,完全不怕人,想是在藏经阁住久了,有了学养,也有了些出家人的淡定和无畏。

黛螺顶是五台山唯一通缆车的景点,有台阶一千零八十个,这些台阶叫作大智路,许多游客奋不顾身地去走,据说走过这条路就会忘记人世间所有烦恼,所有不快,所有悲伤。

因为五台山地广佛多,时间来不及,我是坐缆车上下黛螺山顶的,并未亲自去走那条大智路,我很沮丧,这是不是意味着我虽然千辛万苦到了五台山,点着香火拜了无数的佛,但人世间的烦恼、人世间的不快,人世间的悲伤——仍然不能忘却,还将继续下去?

——唉!坐穿了蒲团,生不出净土。度我;度我!

长白山气质

人世已过千万年，横空独立，岁月辽阔，睡梦中经常被冰雪中激情飞舞的姹紫嫣红的声音惊醒，仔细看，是树叶，不是花朵，不是腐水与落花的阴柔缠绵，是峰峦与深谷的惊艳孕育。那洁净安宁的低温中，那铺开白雪的温暖里，静静地沸腾着那方世界的物华天宝，日月星辰，宁静高远。

记得到长白山是奔天池而去的，那一汪稀罕的绿水像个远方的公主在我的脑海里飘了许久。对长白山的了解仅限于千年人参，上得长白山才发现这个山不像黄山、泰山、华山，陡峭险峻的元素不多，倒像个原始森林，透亮如水，清气回荡。

长白山植物品种之多，之丰富，之磅礴，但不是不修边幅，不杂乱，如人，是伟岸豁达、清逸俊朗那种，很像是从几个世纪前的冰雪深处传来的一个长相井井有条的男人宽阔而浑厚的歌声，很有北国的气质和大自然高贵的蕴涵。

长白山气质

一路绿意阑珊,草木苍苍,流水潺潺。沿途有白桦、胡桃秋、絮柳、黄菠萝、榆树、白杨、水曲柳、长白松、红松,据说驰名中外的红松是长白山的孝子,白山是红松的故乡。传说红松和人参是一对夫妻,哪里有红松,哪里就有人参,松参十分恩爱,执子之手,白头到老。

美人松是长白山独特的景,她不像黄山、庐山的迎客松,几百年都做出欢迎客人的媚态,而是扬着女人漂亮的长发,凝眸山野,淡然笑嫣,不卑不亢,如同北国美女,高傲而风情,独行而美丽。

越往山里走,树木就越稠密,后来补课查资料,了解到这里还有针阔混交林带、亚高山针叶林带、亚高山岳桦林带和高山苔原带。这些树木都不畏严寒,在风雪中特别强势。

长白山景区面积很大,第一站是峡谷浮石林。由于它是火山喷发后形成的,被人们称为"火山峡谷"。因它的大部分由浮石组成,人们又称它为"峡谷浮石林"。

第二站,小天池、绿渊潭。小天池又称银环湖,湖周围环绕着郁郁葱葱的树木,湖水也绿得透亮。有些小九寨的感觉。

第三站,露天温泉。长白山的温泉大多是露天的。最好裸泡,想着要光着身子坐在水里看长白山的树、长白山的云、长白山的人,也挺新鲜。

第四站,瀑布。瀑布落下之处其实也是温泉,温度居然达到八十度,有人在那儿卖鸡蛋。因为用温泉煮的鸡蛋很好吃,虽然超贵,但许多游客都买,吃进嘴,确实很嫩,还甜。

终于要上天池了,此时天气转坏,甚至开始下雨。早听说长白山的天气变幻莫测,几分钟前晴天万里,几分钟后就可能是大雨或者冰雹。我们开始祈祷,希望天池别躲进浓雾中,能让我们一睹芳容,阿弥陀佛!

披上山上准备的五颜六色的聚乙烯雨衣,六人一组,坐上威武雄壮的越野车,绕着一百八十度的大弯往天池爬,车子到达目的地后,再"手工"爬十来分钟。冲上天池。

　　山上云雾缭绕,气温骤降,开始不敢往下看,怕失望,慢慢睁开眼睛,居然好美好深的一汪水扑入眼帘。

　　说是天池,其实不是仰头往上看,而是居高往下看,它漂浮在半空,无根无涯,不落边际。神话一般,仙境一般,虚无缥缈,蓝得像梦,美得晕眩。真的如同到了天上人间。

　　天池很深,深得惊心动魄,深得如同另一个星球,另一个世界,另一个云端,另一个生命的出口。尤其是深得就像抵达你的前世,这一刻,任何人都会身心颤抖,灵魂出窍。

　　终于看到天池,心里十分满足,觉得幸运女神已经融化在我们热热的双眸里了。

　　从天池下来,到谷底森林。谷底森林是一片处于景区海拔最低处的森林,又叫地下森林。林间小溪穿流,跳着阳光在树叶缝中照射,地势一直不可阻挡地向下,尽头是一个很深的山谷,谷中是茂密的树林,这大概就是谷底森林的由来。走在用纯天然木板铺成的小路上,林中野花盛放,涧水轰鸣,如果一直默默地走下去,该会如何?我想起一段话,山林最远的朝圣,冰雪最长的修行。

　　这千百年的朝圣和修行,使长白山和天池在沧桑巨变中,不断灵魂出窍,悄然成形,神奇而扣人心弦——

老城的热泪

刚来厦门的时候,最爱逛街,因为行走在厦门的大街小巷上有一种特别闲雅的感觉。这个四面环海的城市干净湿润,来往行人从容不迫,没有其他城市常有的浮躁和喧嚣。从骑楼两旁的店铺和熙熙攘攘的人流里传来很好听的闽南话,虽然不懂,但并没有"人在异乡"的漂泊感,本地人对外地人始终礼貌而温和,他们的包容像海域一样辽阔而湛蓝。

一次在鼓浪屿,因看见一处建筑很有特色,稀奇得不得了,不由得"私闯民宅",不想主人不怒不恼,反递一杯热热的香茶,笑问"客从何来"。

想这个原是渺无人烟的"园仔州",元末始有人迹,自鸦片战争一百年来,能从一个半渔半耕的村落逐渐独具风格,拥有浓厚的人文景观,最终闻名于世,自然具备民风淳朴,人心向善的底蕴,不由得心里一番感叹。

最喜欢看路边的榕树,看榕树裸露的根是那样蕴含

着母性的坚强和生命的壮美,很像中华民族饱经沧桑的历史,于是和厦门人有了血浓于水、同祖同根的感觉。

一次写信,顺便捎带一包咸咸甜甜的肉松。告诉朋友,厦门有一条路,与"海上花园"鼓浪屿隔海相望,在中国是唯一通往大海的马路,它叫中山路,当时在我心里,这条繁华的中山路就是厦门特区发展的全部。

在耀眼的阳光下,我经常晃荡在中山路上,第一次吃茯苓糕,那黏黏的瓷白粉团一放进嘴里瞬间就滑落进肚里,香甜无比;第一次见土笋冻,惊喜那些蚯蚓一样的软虫子怎么就变成精光透亮的美味?还喝着从台湾传过来的有黑色果粒的粉红色奶茶,看自己冬天也可以露着的腿和一路盛开的三角梅,惬意着一种满足和浪漫,总之,满心都是欢喜。

但怪,信寄了,心里却突然出现缺失,夜里开始在榻上辗转,觉得这个城市是不是少了一点什么?比如笔直的中山路,也许不失繁华和时尚,但我的手心感触不到它的枝蔓与根须,温开水一样的感觉让我周身像浸泡着说不清道不明的疲惫。我明白我更渴望一座充满生命以及编织着文化脉络的城市,于是写了一篇稿子投到《厦门日报》,题目是"厦门,我对您说——"。

我当时这样说:"厦门,我倾慕您许久了,终于有一天我从您的天空进入您的腹地,您那点点渔火把黛青色的海岸映照得无比辉煌,我融入海风与船影之中,我感觉到您恬静的呼吸和温馨的心跳,海风扑来,海浪涌起,我仿佛置身于一个诗情画意的仙境,您有厦大,您有鼓浪屿,您有文化的土壤,您一种有音乐的殿堂,但您却缺乏更深更广的历史渊源绵长——"因为我担忧:一个没有文化纵深、没有历史连接的城市注定会让人乏味,而我已经是它的市民,我爱它,我深爱它,所以我有责任。

现在看来,那时我过于相信自己的感觉,我只依稀听见一只鹭鸟的振翅,却以为那就是这个海岛整个天空的动静,我几乎与我寻找的这个城市的真实印象擦肩而过,尤其是改革开放之后的厦门。

老城的热泪

熟悉厦门以后，便放任脚步溜出路旁的骑楼，离开那些闪烁的霓虹灯，离开那些广告牌上画着的美女、红唇、牛仔裤、马爹利，钻到那些高楼的背后，进入纵横交错的深巷中，一脚迈下去，蜿蜒向前，徐徐推进。第一次是从桥亭街口进去，那条街长不过百十米，据说是用供过观世音菩萨的桥亭中的石板铺成的，应该是佛缘莲心。阿弥陀佛！迈过去，应该是一个快乐清凉的世界。

果然，踏过那道道的门槛，就像洞开一个古远的阡陌世界，一个质朴的世外桃源。那里面，老人孩子居多，大多挺悠闲。我想买一位阿嬷的桂圆干，和她讨价，她咧着没有牙齿的嘴呵呵笑，几乎是送了我一包。我奇怪，她做生意就像在做慈善，她还叫我到她家去喝水，我问她家在哪里？她指着一幢有着雕花门饰但墙头爬满藤草的楼厝，说是住了几代人。

我仔细端详阿嬷，从她仍然乌黑如瞳的眼睛里，看到当年深宅大院中少女的绝代风华。那里除了有阿嬷家住了几辈子的红砖古厝、中西式洋楼、深深庭院；还有蛛网一样交错的狭窄的石板路、小吃店、理发屋、商家、店铺、手工作坊、电线杆、晾晒的衣物，虽乱，却平实和谐。

许多脸上刻着海风印痕的老人聚在一起，慢悠悠地喝着工夫茶；供着菩萨、妈祖和石狮爷以及关公的神龛，香火经年不断。我触摸着那些历经无限岁月的砖块上厚厚的青苔，仰望着街衢庭院中那逼窄得就像风雨刚刚经过的天空，仿佛置身闽南百年历史烟云之中，在这一刹那，我顿悟：这应该才是从遥远过去走来正迈向未来的真实的厦门。

号称厦门文脉的中华片区在我寻寻觅觅中端庄而隆重地揭开面纱，我经常到那里游逛，这游逛不是一般意义上的逛街。认真地说，开始时我对中华片区的印象是拥挤和混乱，有些压抑，但我还是虔诚地坚持着把它走完——虞朝巷—盐溪街—吴厝巷—苏厝巷—靖山路—三官巷—外清巷—四仙街—释仔街—石壁街—本都巷—桥亭街，沿途有许多名人故居、牌坊寺庙，有"中华第一圣堂"新街礼拜堂……好多都是清代的建筑，风貌各异，

格调斑驳多彩。

　　开始我并不了解那些厦门近代历史上赫赫有名的人物,只是惊喜这里每个丁字路口都有"石敢当",它们都憨态可爱,这种寓意辟邪又堂而皇之站在路口勇敢驱妖的石头,在别的城市没有看见过,可惜那些旗杆石早已残损,要不然插上威风凛凛的卦旗,一定阳气生猛,妖孽退却。四仙街有一个四仙石名气很大,街因此得名。想当年神仙们在天上待烦了跑下红尘在这里来来往往,在窄巷深院中也不知有没有撞出一个"八仙女"的传说。

　　靖山路有一个普愿莲堂,里面有袖珍佛像和袖珍放生池,我想这应该是一个尼姑庵,但厦门的同事说是菜姑在里面念经。菜姑是不是尼姑,日子过得是淡泊还是窘困,我至今不得而知,但似乎能听见这些大小女子每天穿过石巷的"啪啪"脚步声。

　　还有好多有年头的古井,井水深汪清澈。外清巷有一个古井非常有特色,井圈上贴满贝壳。古井旁还有百年古树,我无论如何想不到这些长寿嘉木中居然还有果树,比如芒果,比如杨桃,比如莲雾,一酸一甜,一红一绿,如今的人吃到清末举人栽下的水果,该是一番什么滋味?

　　还有,盐溪街过去临水,民居依溪而建得名,两岸又出过许多文人名士,当年他们是否和"在水一方"的佳人烟波迷离地深情凝视?

　　中华城区是厦门历史文化的中心和缩影,它有最窄的古巷,最多路名的老街,最早的基督教堂,最早的女子学校,最早的美术专科学校,还有民族英雄陈化成、著名学者吕世宜、厦门学堂的创办发起人王人翼、著名教育家陈桂琛、著名书法家欧阳帧等人的故居;还拥有谢云生、苏警予、虞愚、周殿薰等人的遗迹,有当代中国科学院老院长卢嘉锡、民族工商实业家黄世金、名医盛国荣等名士出入的痕迹,充满人文魅力。这很对我的胃口,因经常出外,我往往对人文景观比自然风景更多一层迷恋。

　　我很庆幸,我在中华片区的拆迁之前有幸窥见它的全貌,和它有了无

老城的热泪

数次肌肤与心灵的接触。就像我的一位闺中密友,我知道她沉鱼落雁,我知道她才情横溢,我知道她独一无二,但如今她要出嫁了,要做她夫君的妻子,要做她未来孩子的母亲,这是生命的正常轮回,这是人类社会发展的必然趋势,我只能为她祝福,送她上路,而不能要求她守身如玉,小姑独处。

虽然不舍,我忍不住为她流泪,但我知道,这个世界上没有永恒的物质,所有的眷念、记忆、精神及责任唯有揣在我们的心底才能永恒。

在城市改造中,厦门有许多的地方都进行过拆迁,比如莲坂,一度成为热点。但作为厦门正式启动的首个老城区改造项目,由于地理位置重要,中华片区改造的成功关系旧城区未来的发展,将旧城改造起示范性的作用,引起世人瞩目。

告别开始了,这是一次艰难的告别,老城区里的一砖一瓦,一草一木都记录原住户对童年对过去岁月的美好回忆;每一次锤起锤落的声音都牵动着他们离别时不忍的心情,这种心情可以用"悲欣交集"来形容。我亲眼看见,拆迁的老街道上,老居民们要求外地来的民工们抬一些门扇或牌坊的时候轻点再轻点。

现在,也就几年的时间,已经可以用沧海桑田来形容,新旧交替,日月轮回,一个连接过去贯穿未来的新城区已经闪见端倪。

旧的中华片区虽然几乎不存在,但我还是经常看望它,我惊异原来让我迷失方向的那些密密麻麻的古街老巷何以瞬时坍塌,变得如此透明和敞亮,纷呈的凝重和修饰成为一阵阵轻风,像鸽哨响彻蓝色的天空。

就像那些纵横缠绕蜿蜒了几百年的古街深巷从未存在过,过去的一切都像梦一样被抹平,消失了。

阿嬷呢,那位送我桂圆的美丽阿嬷,搬到哪里去了?我找不到,那些承载着她所有记忆的建筑和砖石也变得越来越模糊。但我相信,无论是沧海桑田还是地覆天翻,在这个以温馨美丽著名的城市里,她一定会有幸福的

晚年,这个充满人文魅力的老城其实一直矗立在我们每一个人的心里,芬芳四溢,诗情画意。

拆迁就是重建,在这个老城的热泪中,新的城市已经日新月异,美丽矗立。

沙坡尾怀旧

来厦门好多年了,自以为一些旮旯都去过了。但突然有一天,有一朋友问,你去过沙坡尾吗?

他说,一个正在被都市遗忘的地方,一个曾经被描绘为如同油画一样美丽的港湾。

说实话,对这个沙坡尾,我很陌生,因为在厦门的旅游攻略里一般都找不到,因为我们的目光都一律去关注鼓浪屿了。

其实沙坡尾是厦门的发源地,城市的摇篮,有着太多厦门人儿时的记忆。它见证了几代厦门人的成长,随着岁月的磨砺,曾经的风华已悄然淡去,正逐渐在人们的视线中消失。

不得不说这是城市化进程中的遗憾。

一个冬日,我从环岛路、演武大桥、大学路一路踅摸着来到沙坡尾,此时沿途的海面深蓝华丽,波涛丰满,所以我到附近以后,是拿着地图,登高望远,原以为会出现一块广阔的水面,且波光粼粼,秀美无穷;到头来却发现

沙坡尾像弃妇一样蜷在一条窄路的尽头,不像海,像个池塘,透过岸上挂着的一堆一堆衣服看去,横七竖八的渔船停靠在一起,拥挤不堪,在破旧的民居陋房包围下,显得天空暗淡,水无波澜,憔悴干瘪。如果说鼓浪屿明眸皓齿风情万种的话,那沙坡尾只能是徐娘半老明日黄花了。

由于年代久远,滩涂嶙峋,出海口已经模糊不清,昔日"万船出港""千帆竞发"的壮观场面如今或许只能想像。

一阵风过,以为是白鹭飞起,仔细看是一只黄狗在一堆垃圾旁撒欢,大概是水里没有能蹦跳的鱼了,过去追逐渔船的各种海鸟也迁徙他乡。

翻阅资料,沙坡尾是厦门闹市里唯一的避风坞。老厦门把思明南路从演武路至大生里铁路之间、靠海岸的地域叫做"厦门港",厦门港最有灵气的地方当属沙坡尾和避风港。

对于许多以海为生的厦门港人来说,这里才是真正的厦门港。许多海外乡亲只认沙坡尾,当年他们就是从这里出发,漂洋过海到外面闯荡。在众多渔民心目中,沙坡尾避风坞已成为梦萦魂牵、不能割断也难以割断的历史。

沙坡尾避风港的历史可以追溯到明代以前。早期的厦门港海湾呈月牙形,金色的沙滩连成一片,故有"玉沙坡"的美称。就地理环境论,此乃天然避风之所,沿海渔船,"朝出暮归,在大担南北采捕,风发则鱼贯而回",渔民进出多了,便成了港口。

据一九四六年出版的《厦门大观》,厦门的造船业随渔业活跃而兴盛,集中在沙坡尾一带。一九四九年以后,沙坡尾的几个私人船厂合并成厦门第二船厂,一九五七年又与厦门造船所合并为厦门造船厂,在沙坡尾船厂原址又设厦门水产造船厂。避风港最繁荣时曾经达到一两万人,渔船近四千条。沙坡尾避风坞,曾是历史上赫赫有名的厦门港。

忆往昔,岁月蹉跎,如今的沙坡尾已然没有往日的雄姿和豪迈,但凝神驻足,你会发现这里生机依然,多了岁月的沉淀,就像一瓶陈年老酒,浓香

沙坡尾怀旧

弥漫。

晚霞徐徐铺开的时候,一抹抹余晖镀出渔船金黄的剪影,似乎娓娓诉说着往日的辉煌,浅浪仍然拍打着水边,虽然不再惊涛拍岸,但渔家的气场日复一日,年复一年,老一辈惊心动魄的故事还在渔村的角落里盘根错节,滋生发芽。

龙王宫里仍然供奉着海神妈祖和保生大帝,码头曾经铮亮的铁环历经岁月的打磨,锈迹斑斑,但还是牢牢地维系着渔家的生活和繁衍。渔民的船大多闲暇着,五颜六色,圆润而不再锐利,也许是多年不迎风破浪讨海,那些曾经度日和打鱼的工具显得和平而且安宁。

微风中,渔民的脸是沉静和满足的,他们不用刻意回归过往的时代,如今的生活就是他们的世外桃源。有时,他们也与厦门日新月异的钢筋水泥、时尚大厦、环绕高架桥、国际商贸对望,但仅仅是对望,更多的是沉浸在他们的光阴里,从容不迫的一日三餐,洗壶煮茶。

在这一刻,你才会发现,当厦门被八方来客攻陷踏平的时候,当鼓浪屿被商业化蹂躏成为全民小鲜肉的时候,沙坡尾独守一隅,超脱淡然,节操得以保全。这里没有喧闹吆喝,没有比肩接踵,不事张扬,低调平静,充满酱香和海蛎味道的老厦门文化在沙坡尾沉淀的光阴中得以延续。

沙坡尾周围有海鲜市场,保留着鱼市,赶集时,你会看见曾经的水手如今的阿公穿着拖鞋在卖咸鱼干,态度极好,看不出什么失落,好像他明日一早还是要扬帆远航。

微醺时漫步沙坡尾周围人影稀落的巷道窄路,享受仍然存续的慢时光,有一种回到家的感觉。吃客们晃晃悠悠中,进出一家家有年头的杂货铺、小吃店。海蛎煎,鲜鱼丸,鲜肉包,面线糊,猪脚饭,酱油水煮小杂鱼,通过阿嬷的手,地道古早味,浓香满满。

这里拥有全厦门最惬意的天台酒吧,在海风拂面中,一杯小酒,不知今昔何年?还有最厦门的通道狭长,没有店员的"窄门咖啡馆",在这里,咖啡

氤氲,让你独自享受一段下午好时光。沙坡尾还有一家曾经誉为厦门最"高档"的餐厅,居然取名为"伤心酒家",难道为把一年的辛苦钱都扔这儿了而心不甘,想不过?渔民也幽默。

据说附近的厦大学子把食堂也放在这儿,看见许多成双成对,难道把爱情也放在这处偏僻、不为人知的地方经营?可能因为牵手不会被看见。

特别值得一提的是,如今沙坡尾已经成为厦门年轻人文艺潮流聚集地,他们任性地按照自己的节奏创造着独属的文化个体。比如打造海洋文化创意港,建造文艺西区,开展各类文艺活动,等等。许多的文化秀场、创意空间应运而生,在这期间,他们刻意保留古旧建筑、昔日船坞、海洋元素、海港理念、人文思想,淋漓尽致地把厦门海洋的文化积淀变成新的文艺亮点。说白了,天还是那个天,地还是那个地,可他们就要在那个避船坞上穿越,既点赞了沙坡尾,又让自己撒了欢。

有意思的是,这一切似乎都在漫不经心地进行着,就像遥远的海岸线,从远处,你看不出它的变迁,但到跟前,你才发现它飞快移动。也许在这样变迁中,沙坡尾已经被披上婚纱,早就已经开始走秀,只不过它的扮相和剧情不那么大起大落、咄咄逼人,形式更加随意,更加自然,更加厦门罢了。

在厦门的日新月异中,沙坡尾似乎已经被挟持脱离寂寥,据说在2015年的跨年盛典中,沙坡尾的文艺团体及达人联盟商家集体亮相,艺术西区的年轻人组织了震撼电音、超猛乐队、锐舞派对、迷幻视觉等活动,邀请了当今世界爵士乐坛最为耀眼的王牌乐手以及大名鼎鼎的法国电音双人组合等几支超猛乐队,现场通宵狂欢,彻夜不眠。

估计,那个晚上,深居简出、忠厚老实的沙坡尾还是被震耳欲聋的新年音乐"嗨"翻了!

对于一个地域乃至一个国家的文化,破旧立新是片面的,敬畏和传承才有生命力。如果沙坡尾想通了,明日一大早要去嫁人,我们不反对,但建议不要嫁给鼓浪屿,也不要嫁给曾厝垵。

遥远的香巴拉

香格里拉,遥远的,古老的,梦境般的——

当你迈进去,就像到了另一个星球,那里没有"人",只有佛;那里没有泥泞,没有雾霾,只有白云蓝天;那里没有红尘俗事,只有你的心在纯净的天地间轻轻地缠绵。如同一只一尘不染的小蝴蝶在高山大川、森林湖畔自由地飞舞,在佛和神的怀抱中静静地蜕变。于是心灵的翅膀一次一次在太阳和月亮的指尖上斑斓,那是一种生命地轮回,无比美丽。

我经常怀疑,我真的去过吗?

香格里拉意为心中的日月,是梦境之中的世外桃源,是佛和神居住的地方。梅里雪山、普达措、松赞林寺,透着神圣庄严而明艳似梦的气息。这里的山和水,让人真正感受到大自然对人类的施与是那么宝贵和珍稀。

这里不同的季节都有不同的美,春天,有平静湖水映衬下的雪山蓝天;夏天,有杜鹃和格桑花的红色火焰;

秋天,五花草甸展示出梦幻般的绚烂;冬天,白雪婀娜,表达着别样的情怀。

总之,香格里拉是个神奇的地方,是一个很自由的所在,藏族人、印度人、法国人、中国人熙熙攘攘。那里的阳光,那里的蓝天,那里的风土人情——酥油茶、糌粑、牦牛肉、奶酪,还有扎西格勒。在绿色森林的怀抱当中,在藏传佛教的传承下,让人远离喧嚣,收获一份内心的沉淀。

从丽江出发,上滇藏公路,直奔心中的日月——香格里拉普达措国家森林公园。

香格里拉的早晨清透明亮,虽然空气中还有阵阵凉意,但车窗前一晃而过的格桑花、薰衣草、飞鸟、羊群,还有牵着牦牛的老牧民和跟藏獒在一起的孩子,在阳光的照射下幸福安然,真正的世外桃源。

大约四十分钟的车程,到了普达措国家森林公园景区。

普达措,海拔四千一百五十九米,佛面仙气。在苍翠的高山原始森林间隙,千年白雪横空而下,盘山公路扶摇而上。沿途都是绵延的原始森林,绿色剔透,林海苍莽。

如此丰满的森林,如此葱茏的树木,在高原上实属罕见,它们苍劲挺拔,刚直伟岸,此起彼伏。一棵棵,一片片,完美地呈现出大自然的鬼斧神工,天地间的灵韵毓秀。

因为是神居住的地方,那些个神山、神水,千万年来似乎不曾改变。五彩斑斓的风马旗随处可见,似乎空气中都飘荡着诵经的梵音。不同颜色的经文幡代表不同寓意,绿色代表河流,红色代表海洋,黄色代表大地,蓝色代表天空,白色代表白云。这些神圣的颜色代表着藏民内心的虔诚,他们祈求着佛的护佑,护佑雪山草原繁荣昌盛,护佑子孙后代福泽绵长。

我们的车沿着一条清澈透底的河流,横穿草原的腹部,看着河对面的羊群和牛群在海一样的草摊上云一般的飘动。突然想起一段歌词,"一条大河波浪宽,风吹稻花香两岸,我家就在岸上住,听惯了艄公的号子,看惯

遥远的香巴拉

了船上的白帆"。

喔！国家疆域辽阔，无论在哪儿，都让人想起家。

不知不觉间，碧波万顷的属都湖，仿佛从天而降，她嵌在茂密的丛林中，珠盈满月，清澈无限。站在此湖畔，感觉灵魂已然出窍，周遭静寂古远，那一瞬间，只能听见自己的心跳和湖水深处的呼吸声。试着伸出双臂，远方巨大的蓝色天幕仿佛都能触摸。还有若隐若现的雪山，相拥着苍穹的银河，以至于我们眼前一片峰峦辉煌，星光熠熠。

当然，这一派灿烂，是来自几亿年以前，来自我们的祖先。

从属都湖再坐二十分钟左右的景区班车，就到达碧塔海。

和很多美丽的传说一样，恬静的、被群山怀抱的碧塔海，也是古代哪一位仙女梳妆时不小心失落的镜子变成的高原湖泊，只不过这个仙女生活比较奢侈，镜子都是绿宝石的。大绿宝石摔碎成小绿宝石，仍然是宝石，所以碧塔海湖面是极纯净的蓝绿色，像刚刚开屏的小孔雀，色彩浓郁，羽毛清新，此时深吸一口气，馨香扑鼻。

湖边是大片的草甸，长满各式各样古老奇异的花草，很像小时候读过的那些童话。木制栈道环湖而绕，两旁是浓密的原始森林，遮天蔽日，密不透风。行进中，泉水潺潺，有虫鸣叫，有鸟飞起，在这个万类霜天竞自由的世界里，娓娓地讲着它们的故事。

这里生和死的界限似乎不那么明显，一些树木躺着，但它们的枝干并不老朽，而是细软如丝，随风轻拂，发出铜铃般的声音。如同高僧的圆寂、如同曾经的弘法岁月、如同自然界中的冬眠。一棵看似枯死的百年老松，树干上却长满绿茸茸的青苔，青苔中还有彩色的小蘑菇，生机勃勃。林中有一小片枯树林，虽然枯干，但那些褐色的树干依然挺立着，如同在保持一种气象万千的气息。看来，生命在这里无所谓过去或是未来。只有一种诉说，那就是一种永恒的超度，一种前世今生的缘。

行于"永恒"之中，我感受到那种"地老天荒"不可抗拒的气势扑面而

来。行于"地老天荒"之中,我对香格里拉有了更多的理解,她不仅仅是世外桃源,更多的,她应该是一种对自然和生命的敬畏和不懈坚持。

后来去了很多也叫香格里拉的地方,虽困惑,但更快乐,希望我们看到的这个世界将处处香格里拉。

迷人的海参崴

异国情调的海湾，沧桑变迁的历史风云，美女如云的传说，俄罗斯的远东城市——海参崴，强烈地吸引着我们。

在长春的时候，朋友介绍说，那地方原是中国领土，后来被沙俄占了，大多数中国居民被驱赶回来，少数居民留了下来，与俄罗斯民族通婚生育，他们的后代我们称为二毛子，到现在，应该有三毛、四毛了。

海参崴是一个由黑社会和政府共同管理的城市，以前介绍海参崴的时候，中国导游说是中国的领土，俄罗斯导游说是俄罗斯的领土，比较乱，后来两国旅游部门达成一致口吻：在一八六〇年以前，海参崴属于中国，此后属于俄罗斯。

那是指一八六〇年的时候沙俄举兵占领，强迫中国清政府签订不平等的《中俄北京条约》，成了俄罗斯的土地。其实海参崴是沿用中国的地名，沙俄侵占了之后，已经将它改为"符拉迪沃斯托克"，意即"控制东方"。现

在为了照顾中国游客,在解说中,俄方按照中国习惯还是用"海参崴"这一中国名字。

海参崴是俄罗斯联邦滨海边疆区首府,这座城市三面环海,由金角湾、乌苏里斯克湾和阿穆尔湾组成。

海参崴不大,没有很宽阔的路,城市美丽起伏,雅致的拐弯抹角,顺山势修建,于是有坡度,干净,幽深,路旁许多花园和开满薰衣草、玫瑰花的小屋,小屋是商店,橱窗时尚,色彩绚丽,甚至绘画金色卷发的裸体女人。觉得很适合拍摄二战时的枪战电影,就像南斯拉夫电影《桥》或者是《瓦尔特保卫萨拉热窝》什么的,当然里面要有一个惊世绝美的娜塔莎。

在海参崴住的是阿莫儿酒店,外观白色,很像一艘"泰坦尼克"号,在俄罗斯属于五星级酒店,房间不大,但很舒适,格子布做的被褥和枕头散发着一股麦香味,打开落地玻璃窗门就到了阳台,阳台对面不到二十米处就是日本海。

日本海湛蓝深邃,平滑如镜,岸边有五颜六色的船舶,再远处还有一艘豪华游轮,远看船体纤细,三根桅杆,像水中的宫殿,显得神秘妖艳,用酒店的望远镜张望,里面人头攒动,热闹非凡。一打听,才知道这是一处供人赌博和色情的场所。

海面上有许多海鸥、海燕,它们就在酒店的窗户前飞翔起舞,酒店服务员站在阳台上用手掰着"列巴"喂它们,有时候上百只在海面聚集,壮观极了。

海参崴的餐厅比较简朴,进去像进了人家,几张长条木桌铺着花花绿绿的塑料布,一般供应酒、列巴、西红柿汤、洋葱、奶酪,不大习惯。高档的也有几家,主要经营海鱼、海蟹、海虾、鱼子、鱼翅、海参、海胆,从外面能看见巨大豪华的水晶吊灯,沙皇时代的地毯,紫红镶金边的花瓶。出出进进的男士都打着领结,着燕尾服;而女人化浓妆,穿晚礼服,露着胳膊、肩膀和胸脯。

迷人的海参崴

在路上经常看见这样装扮的女人叼着烟,开着一辆很肮脏,全是灰土的汽车,为了赶时间,拼命按喇叭。海参崴车水马龙,汽车相当多,当然指的是私家车。一个家庭有两辆是正常的。

未动身前往海参崴之前,先前去过海参崴的人对我们说:"上个月我刚从海参崴回来,整一个星期脖子都歪成这样。"他说着做了个很夸张的歪脖子——"都是美女惹的祸!到了俄罗斯,你会觉得眼睛不够用,这个漂亮,那个更漂亮,满大街都是美女啊!"

俄罗斯的女人漂亮,这在过去听说过,但亲眼见了,还是惊讶!二十岁左右的姑娘一个个丰满的乳房、细腰、长腿、大眼睛、长睫毛、红唇,都像选美冠军。无论是苗条的身材、细腻的皮肤、皇室公主一样的五官、过腰的长卷发,气质都无可挑剔。好像满大街都是赫本、梦露、泰勒转世。

记得我们过海关的时候,因为海参崴是落地签,要排队等好一阵子,几个办理签证的海参崴年轻女官员露了露头,就已经让我们眼睛发直,连呼美女。当时旁边就有人说,不要激动,这些还都是农村的,看来还真没说错。据说最最漂亮的妞多在彼得堡,意志薄弱的男人看见会流鼻血,会晕倒。

前往俄罗斯的路上,学了几句俄语,那颤音特别难学,不过有两个词特好学:"借我十个"——俄语"姑娘",统称姑娘和一切成年女性,包括我们中国人眼中的大婶、大妈、阿婆之类的级别。"借我七个"——俄语"小姑娘",一般指年纪较小的女孩。

俄罗斯人以肉食为主,所以他们的营养都很好,这点在女孩子身上表现尤其突出,女孩长到十二三岁的时候发育就已经很好,该大的地方都大了,不像中国女孩,还是黄毛丫头。

街上的俄罗斯美女自然是一道美不胜收的风景,都相当丰满,少有"太平公主"。

旅行社带去一个意大利商店,说意大利商店是因为那里有一些意大利商品。我逛到三楼的时候,发现一个柜台的小姐非常漂亮,身材一级棒,雪肤白皙,眼睫毛又长又弯,完全芭比娃娃的真人版!许多男游客走不动了,借口说拍漂亮俄罗斯小姐的商品柜,镜头扫到她,就定住了,一个劲儿马屁:"你很漂亮!是我见过的最漂亮的俄罗斯'借我十个'。"听了翻译后,她见惯不惊地笑笑,这美人一笑,更是倾国倾城,一堆男游客顿时扑地,神魂颠倒,半天找不着北。

见多了各国美女,研究了一下为什么俄罗斯的美女特别招男人喜欢?结论是俄罗斯美女的重要组成部分是年轻加性感,那性感如阳光,充满生命的原始、纯洁、活力和美。

俄罗斯女性,美是一大特色,但是产后肥胖也是世界闻名的。在街上同样随处看到五大三粗的水桶形俄罗斯大婶,绝对超过两百斤,她们走起路来,全身上下都在抖动,国内如果有哪个女人觉得自己胖,出不了门的,到俄罗斯来会有100%的自尊,因为中国女人的肥胖根本不算什么。

这些女孩结婚都很早,十四五岁生孩子的大有人在,经常在街上看见这样的母女,猛一看,就像一个大洋娃娃背着一个小洋娃娃。她们的嫁的男人大都懒惰,奇怪,也不英俊,胡子拉碴,神情呆滞,还什么事不干,一天到晚喝酒,海参崴路边有许多醉汉躺着不省人事,手里都拽着一瓶"伏特加",经常有警察过来处理。可怜"红颜薄命"。

在海参崴,给人印象深刻的除了美女,就是俄罗斯的地大物博,一路走来,高山、河流、大树、灌木,包括古老建筑,很少有被挖掘破坏的痕迹,有人说是因为俄罗斯人懒惰,但我觉得他们与自然共存的生活状态倒令人羡慕。在大自然面前,保持敬畏和珍惜的态度是利于千秋万代的。

俄罗斯套娃

知晓俄罗斯的套娃是在童年,那时红卫兵终日在大街小巷出出进进,长驱直入"封资修""牛鬼蛇神"的住处进行抄家,那些被抄的家庭一时间鸡飞狗跳,惶惶不可终日,在裸露的破窗和撞开的大门中,我茫然地掠过所有的狂热和狼藉,只觉得寒冷和孤独。

突然一个童话似的女人站在一盏微弱的灯光下,她约三寸高,头上包着花花绿绿的头巾,穿着厨娘围裙一样蓝色的衣服,圆身大肚,没脚,色彩斑斓,给人很慈祥、很没心眼的感觉。开始以为是不倒翁,钻进去拿在手里上下摸了摸,像皮肤一样柔软,碰了碰,没倒,不是不倒翁!以为已经一览无余了,于是把她紧紧地抱在怀里,不肯松手。

这家几个孩子还小,可能不懂得家里发生了什么,并不理会父母惊恐无奈的表情,看着我一个劲儿地捂嘴笑,突然有一个从我手中抢过去,把套娃的身子拧成两半,再从她的肚子里又取出一个比一个小、和她一模一

样的娃娃在桌子上摆成一排,记得一共七个,最小的仅拇指大小。

我那时年幼垂髫,稀奇得不得了,觉得那就是一个温热的世界,我在那里待了很久,舍不得离开。当时我很想把她拿走,这个愿望非常强烈,强烈得让我痛苦。

心里放不下,又去过几次,像去会一个朋友。

最后一次溜去时,那家人估计又被红卫兵洗劫了一次,屋里祖上遗留下来的字画书籍一把火给烧了,套娃也被砸得粉碎。最大的那个只剩下一个彩色的肚子,变成一块块小瓦片,肮脏地躺在墙角的青苔和落叶中,那些小的套娃也不知道被扔到哪儿去了,我捡起一块,托在手心看了半天,觉得凉冰冰的,不知道是我的泪水还是套娃的泪水?然后很伤感地把它装在衣服口袋里悄悄带回家。

许多年,我一直没忘记这件事。

后来在其他地方也不余遗力地去找过,特别是在旅游的途中,总想着突然和她相遇,了结我童年时的一个破碎的梦想。

当终于有一天,这种套娃铺天盖地的时候,我又有些泄气,她们站满旅游景点的大小摊位,但神情大多粗俗呆滞,一眼扫去,大同小异,像一堆没洗干净的萝卜,她们不是我童年时的那个朋友。

前几日终于有了去俄罗斯的机会,首先冲去购买套娃。在琳琅满目的套娃中,我一眼就看中一款蓝色套娃,她和我小时候惦记的那个套娃的色泽有几分相似,做工非常细腻,图案特别清新,着涩典雅,很有少女的韵味,而不是大婶和大妈的神情。

蓝色套娃是纯手工做的,上面的白色圆点全是凸起的。木头是上好的椴木,掀开盖子不仅看得见木头的年轮、虫眼,还闻着一股乌克兰草原的清香味,摸起来就像皮肤一样的质感,非常有弹性。

套娃一共七个,打开来依次排列,递等高度分毫不差,最小的才一粒蚕豆那么大,但仍然精神抖擞地站着,可爱极了。

俄罗斯套娃

把她们一个个小心翼翼装回去之后,我按照《这里的黎明静静悄悄》里牺牲的苏联红军女战士的名字给她们分别命名,娜塔莎、列娃、卡秋莎、吉丽金娜、列伯丽娅、索菲娅、安娜、卡捷琳娜、卓娅、热丽娅……以回忆我后来所喜爱和一一阅读过的前苏联文学作品。

当然,人生如白驹过隙,许多光阴中,会沉淀和经历各种幸福和不幸福,如今无论是喀秋莎还是娜塔莎,都不是我童年时看见的那个她了,我和她在历史的一个瞬间碰上,但结果擦肩而过。

今生,还能相遇吗?我永远心存一份等待。

普吉岛掠影

泰国普吉岛的知名度很高,誉为全世界必去的五十个地方之一,一直很向往,最近集体组织统一行动,热闹非凡地去了一趟,末了,哥们儿姐们儿热情地抱着红蓝宝石、橡胶枕头、眼镜王蛇药等货真价实的东东满载而归,分手时手搭凉棚频频回顾依依不舍,此神仙地儿逶迤绮丽,出产丰富,文化妖娆,气质独特又资源宽广,温暖而不沧桑,确实摄人心魄让人流连忘返。

但细想,感觉这种大隐于喧嚣自然生态的地方可能更适合三几好友或情侣背包自助出行,花他半个月的时间躺在海边与世隔绝,对着白色沙滩、蓝色海岸、银色浪花一动不动发呆几个时辰;或坐在渔船里听潮涨潮落的浅唱与低吟,让深夜礁石洞和钟乳石里闪烁的星光穿越千古往事,高亢地荡涤滚滚红尘中的每一寸"世事洞明",或许我们会无意中得到一份更深邃的惬意和宁静。

皮皮岛是普吉岛的灵魂之所在,由北部的大皮皮岛 Phi Phi Don 和南部的小皮皮岛 Phi Phi Le 及周围四座

普吉岛掠影

小岛组成的群岛，一九八三年被定为泰国国家公园。这是一个深受阳光眷宠的地方，柔软洁白的沙滩，宁静碧蓝的海水，鬼斧神工的天然洞穴，未受污染的自然风貌，使得它一举成为近年来炙手可热的度假胜地。大皮皮岛有三个美丽的海滩，众多的度假酒店，完善的服务设施，使这里成为商业中心和旅游集散中心。小皮皮岛峭壁耸立，没有可以建码头的海滩，所以至今仍是无人岛，去的话只能从大皮皮岛坐快艇"摆渡"。由于这两个岛人工的旅游项目太多，一拨一拨的游客像赶鸭子一样前赴后继，导游在一旁数钱数得手软，多少破坏了优美的自然格局。

攀牙湾位于普吉岛东北角七十五公里处，属于攀牙府，被誉为全岛风景最美丽的地方，有泰国小桂林之称。这里遍布着数以百计的形态奇特的石灰岩小岛，小岛的名称与其形状极为吻合。岛上还有巧夺天工的钟乳石岩穴和数不清的怪石海洞，海湾内遍布珍贵的胎生植物红树林，红树林与小渔村之间有河道，坐在小船上观赏着红树林和小渔村，怡然自得。两个人可租一艘皮划艇，划四十五分钟，可穿梭于各个大小溶岩洞之间。铁钉岛本名 Tapoo Island，没有海岸线，直接突出于海面上。顶部宽而平，基部较窄，看起来非常像耸立在海中的一颗巨大钉子，所以又称铁钉岛。007系列电影曾经在这座岛上取景，这里更加闻名遐迩，成为著名的旅游景点。

Racha 在当地语言中是皇帝的意思。与普吉岛其他热门或不那么热门的景点相比，皇帝岛算是一个非常新的面孔。但是自从被推出以来，它便以精致而绝美的景色，纯净无污染的海水与沙滩，相对独立的地理位置以及奢华的配套服务得到不少品味高雅的游客的青睐，以欧美游客为甚，这里的一切绝对当得起皇帝岛这个名字。景区度假村开发期间，岛上仅仅砍倒了一棵树，移种了两棵树，足见皇帝岛自然风貌保持的完好。岛上不仅有优美完整的天然热带岛屿风光，珊瑚礁的海岸景色同样让人难忘。由于开发较晚，到此的游客数量比较少，与喧闹的普吉岛相较，这里沙滩的环境格外清幽。

　　普吉镇有非常现代化的大型百货公司和超市，Central Festival 百货商场是普吉镇最大的百货商场，无论是购物还是吃喝玩乐，都能给来普吉的游客带来全新的购物和娱乐体验。在这里，不仅能买到泰国的传统商品，还可以买到全世界各大奢侈品牌，欧泊莱在这儿五件套仅售两百四十元人民币，让人咂舌。普吉岛的珠宝中心虽然是"导购"的一部分，但良好的购物环境和一颗颗珍稀的红、黄、蓝色的泰国宝石在当今世界极具收藏价值和升值空间，很值得一看和购买。小一点的五千元左右人民币就可买到，并非都是传说中的天价。同行的旅伴大多心动染指，进去的时候灰扑扑的，出来一个个亮闪闪的，看见一行人集体小小的珠光宝气一番，觉得很赏心悦目。劳动人民靠劳动赚钱，能有机会为自己为家人温存一番，说明这个时代是芬芳而且幸福的，是有指望的。我在普吉岛也买了一只粉红色的水晶戒指，造型典雅美丽，色泽广润透亮，而且不贵，许多美眉见了都说物超所值，想方设法想掠了去，至今我仍然戒备着。呵呵！

　　泰国菜以其味道鲜美和原料新鲜闻名于世，普吉更以口味奇特的海鲜产品而独具当地特色，地道的普吉菜在普吉的经典老店都可吃到。普吉的主要就餐场所集中在芭东海滩和普吉镇上，普吉的海鲜以鱼、蟹、鱿鱼，尤其是安达曼海盛产的新鲜味美的对虾和大龙虾，闻名于世。在普吉，海鲜无论以泰式、中式还是西式的烹饪都能保持海鲜原汁原味的鲜美。

　　普吉岛上有许多水果一条街，各种水果，琳琅满目，大部分叫不出名字，但都色泽艳丽，水灵灵，嫩鲜鲜。好些游客就站在那儿大快朵颐。水果好，服务更好，往哪个摊位一站，店主一律眉开眼笑。有人削皮，有人剥核，有人扔垃圾，有人递热毛巾擦手，吃完一并算账。同行一帮人先选了几个品种尝了一圈，算是热身，然后心怀默契统一行动蹿到榴梿摊聚集，扒拉来一大堆埋头大吃，吃得满面红光，吃得精神昂扬，吃得心满意足，吃得走不动路了还唇齿生香地大呼："怎么这么好吃？"确实，泰国的榴梿非常美味，而且很便宜，不像在国内，贵得如同皇家礼炮，到超市买一个还是买半个还

普吉岛掠影

要想一想。

普吉岛的人妖表演可以和曼谷的媲美,远看一个个身材曼妙、婀娜多姿、容颜妩媚,非常女人,近距离接触还是觉得这些"女人"很粗糙,人妖皇后都在一米八以上,骨骼大,没有什么脂肪,并不是凝脂润滑那种,手和脚也大,想像如果褪去浓妆艳抹,该会是怎样的一番模样呢?当然,这是一种苛求了,一个男人能变成那样一个千娇百媚的女人,已经达到人生极致了。

倒是一路上无意看到的一些小人妖,就是正准备成为小女孩的小男孩,非常让人感慨,那居然是一种天生的美,透明的美,柔软的美,干净的美,无可抗拒的美,那种男孩真的一生下来就比女孩还美十倍,就像自然世界里的雄雌,雄的就比雌的更加绚烂多彩。不知道为什么?看见他们,心里有些惶恐和怜惜,也许这世界太空阔,太冷硬,更需要一些粉色翅膀的小蝴蝶大蝴蝶来撩拨我们的灵魂和视线,让其五颜六色?

如是这样,只好无语!

第五大道的传说
——美国行走片段系列

纽约曼哈顿

前段时间去美国,专门去了纽约曼哈顿著名的号称世界上最昂贵的第五大道,这个街区挨着同样著名的华尔街、时代广场、百老汇、帝国大厦、杜莎夫人蜡像馆、中央公园、圣派翠克教堂。街区为步行街,一般车不能进去,路中央经常有许多鸽子哗啦啦飞起来又落下去,像华丽的雨点,像抒情的阳光,置身其中,心情为之生动。两旁逛街的女孩穿着小西式裙装,但很潮,大都是文身、吊带背心、超短牛仔裤、夹趾平底拖鞋,画着烟熏眼影,带着长长的耳环,手里端着一大杯饮料健步如飞。虽然胖的多,但看起来气色很好,很健康。美国女人酷爱戴耳环和项链,给我印象很深,几乎每个人都戴,各种各样,商店里这类饰品很多,琳琅满目。

第五大道气场很大,街两旁顶尖名牌店一家挨着一家,街旁小道停着许多冰激凌车,价格比别的地方贵很多。虽是"掠影",但也算亲自感觉了一下平日里那些"如雷贯耳"的奢侈品顶级大牌的真面目,比如时装的

第五大道的传说
纽约曼哈顿

Louis Vuitton、Versace、Chanel、Dior、Gucci、Armani、Calvin Klein、Prada、Valentino、Burberry；钟表的百达翡丽、爱彼、伯爵、江诗丹顿、卡地亚、Rolex等；自然少不了香奈尔、雅诗兰黛、兰蔻、伊丽莎白·雅顿、克里斯汀·迪奥、倩碧、娇兰、碧欧泉、娇韵诗这些高端的化妆品。从表面看，果然非同寻常，一件Armani50％棉的T恤卖到八千九百美金，一副普拉达的墨镜近十二万美金，一支纪念型的百达翡丽手表要价一百八十万，不过听说国内收藏人士已将此表炒到三百多万人民币了，一条卡地亚钻石珠宝项链美金就要千万。但估计美国人在这儿买东西的不多，无非就是摆一个世界金融中心的橱窗，因为在美国任何一个城市都有一种叫作"OUTLET"的品牌直销中心，这些东西在那里可以以很低折扣买到。如我就在奥兰多的"OUTLET"买了一个Burberry拎包，因为折扣低，这个世界一线顶尖品牌的价格低到我有点不敢相信。还有鞋，比如CK、NX，39美金一双，买两双减十美金，再买，再依次递减，很吸引人。

但在第五大道Burberry柜台，我看见几个国内的中年女士在挑选今年最新款的有明显品牌图案的薄如蝉翼的围巾，听口音来自国内几个贫困省份，但财大气粗，旁若无人，一看标价，最低的二千九百美金一条，那些包包的价格更是几千、上万美金，令人咋舌。在Louis Vuitton专柜，有几件经典手袋让我爱不释手，但想到此品牌在国内A货的普及程度，真假不分，买回去很可能当成"超A"一类看待，岂不纠结，于是忍痛割爱。不过第五大道其实也不都昂贵，都天价，夹杂一些美国本土品牌，也还物美价廉，今年最流行的款式超爆的平底鞋五十美金左右可以买到，流行的牛仔裤三十美金左右很多，做工精细的旅游帽四五美金也可以收入囊中。还有目前在国内大热的COACH包包，因为价格大众，在美国也很受欢迎，我在纽约地铁和其他地方看见很多美国女人拎这种包，但就因为拎的人太多，我只买了一副太阳镜，加税五十九美金，第五大道也有其专卖店，里面人头攒动，比其他奢侈品店热闹很多，进去还要发票排队等候，看来昂贵消费在美国也

不是主流,只是好莱坞红地毯上的一道风景而已。

第五大道不算太长,但逛完也很累,因为还要步行到纽约火车站去下一个城市访友,算算还有好几公里路,正想睃一眼附近有没有地铁口,突然一辆三轮车飘然而至,很惊讶,第五大道也有这么平民化的交通工具?不管三七二十一就坐上去。上去发现车夫是个金发碧眼的年轻小伙子,开始以为是美国小伙儿勤工俭学,一问才知道是塔吉克斯坦的青年在美国打工,而且是持证上岗。

坐在三轮车上,看见大道两旁各色皮肤的游人背着大包小包熙熙攘攘,突然觉得曼哈顿第五大道离我们的生活并不遥远。

佛罗里达的高速公路

因 WD 的学校在佛罗里达,所以在佛罗里达范围内出外都是自己开车。我去时定的机票是从上海飞底特律,再转机奥兰多,计划出了机场 WD 开车来接我,因为他说两个小时就可以到甘城。当时 LG 说:两个小时?你知道在美国两个小时要开多远吗?说真的,没去之前,我真没有一点概念,满脑子都是国内堵车堵得像乌龟一样爬行的道路。

到了奥兰多机场,四月底五月初,美国这个东海岸很南边的城市,在阵阵热浪中,感觉到处是花和木结构的古典建筑,惊讶很像十八世纪的农场主庄园,这趟底特律到奥兰多航班上的中国人就我一个,在满地英语中,随着下飞机的老外坐了一个玻璃屋子一样透明漂亮的小火车出来,一眼就见着接我的正在东张西望的 WD。

坐进 WD 的车,在 GPS 的指引下,很快上了高速,高速路上车很多,包括许多巨大的货车。但非常有序,路口的红绿灯不像国内那样挂在威猛坚固的高处,而是挂在低低的像晾衣服的电线上晃来晃去,司机们彼此微笑点头,极其遵守交规,而且开到斑马线时都会自觉停下来,有一次我无意站

第五大道的传说
纽约曼哈顿

在人行横道的一边等 WD，结果看见来往所有的车都停下来挥手让我过去。在美国，停车场巨大，车都停得满满的，道路上也车水马龙，但我没遇见过一次堵车。为了赶路，WD 的车开得很快，老远，快车道上前面的车从反光镜里看见我们，立即让到中间道，非常彬彬有礼。于是我们从一辆一辆的车旁边超过去，路上既没有乱骑电动车的，也没有任何横穿的行人，一路风驰电掣，所向披靡，感觉很过瘾。

关键是这些道路不是"移山填海"挖出来的，而是沿着两旁的原始森林蜿蜒而行，婀娜生长的，一点不影响与生俱来的自然环境。这一点我在飞机上就看见了，从舷窗俯瞰佛罗里达州，没看见房屋，只有一大片一大片的树木，郁郁苍苍，绿意虬葱。在高速公路上近距离接触，更是心旷神怡，两旁的大树挺拔婆娑，树干很粗，要好几个人才能合抱。一眼望去，很像由美国女作家玛格丽特《乱世佳人》拍成的电影《飘》中的镜头，静逸而明媚。还有镜子一样湖泊、茂盛的牧场、悠闲的牛群，在高远的蓝天白云下，非常乡村。

有趣的是路旁还立着一些牌子，比如"鹿出没"以及画着野鸭妈妈带着一群鸭宝宝过马路的图示，告诫司机通过这些地段时要小心，我在车上曾经看到路中间一只穿山甲的尸体，很可能是晚上出来时不小心被碾着了！

在佛罗里达境内，我们基本都是开车出行，如果走得早，两旁的森林会升腾雪白的雾气，在黎明中云雾袅绕，人间仙境一般。金色的朝阳水一样喷薄而出，那五彩透明的霞光就好像贴着我们的车窗缓缓奔涌，让人心潮澎湃。晚上回来，能看见月亮饱满圆润地穿行在深蓝色的天幕上。在车里音乐的伴奏下，月光如水，特别诗情画意，此时再说国外的月亮比中国的更圆已经俗了，但在一条普通的高速公路上就能看到在国内要跋涉几千公里抵达什么旅游胜地才能看到的景观，一切都那么欣欣向荣。从这些都能感觉到"美帝国主义"对自然环境保护的力度和长期以来深层次的爱惜，我想，一个国家的强盛与其自然资源的强大及源源不绝应该是密不可

分的。

美国人民

在从小受的教育中,中国和美国好像有些观念上的不相容,一提起这个西方大国,与"侵略""霸权""暴力"相关的字眼比较多,在我过去的想像中,"美国人民"应该是傲慢无礼、寻衅闹事甚至性开放的。

但没想到的是,这次美国之行让我彻底改变看法。就像我另一个朋友说的:"白宫"和他的人民完全不搭!"

因为我购买了美国达美航空公司的机票,一上飞机就和他们(她们)"遭遇"上了。航班上的空乘人员都是老美,空姐们并非年轻貌美,有几个年纪大得几乎有些白发苍苍,但都身板儿笔直,画浓浓的眉,涂鲜艳口红,戴叮叮当当的耳环,眼睫毛弄得像蝴蝶一样,女人味儿和精神气十足。

飞机上人满为患,言语又不通,中国人大多带一茶杯,不停地叫添水,闹哄哄。她们倒没看出有什么怨言,一直忙个不停,自觉用中英文准确"报站"以外,送餐前蹲在你面前不厌其烦地介绍不同的西餐、中餐搭配,供你选择,无论多晚都推着餐车给你送水,送饮料,加毛毯。关键是,虽然一个个累得一头一脸汗,甚至有些脚步蹒跚,但笑容十分灿烂,一点不"装"、不勉强,完全可以感觉到这一切都发至她们内心对自己工作的自豪和珍惜,下飞机的时候,留着一把漂亮胡子帅劲儿十足的老机长和蔼可亲的率领着她们向每一位旅客们告别,蓝色的眼神儿真诚和善,看着,挺感动的。

由于随身行李箱比较重,我站起身取下来时耽误了一会儿,我没想到,坐在我后面的所有旅客没有一个人越过我而先走,都提着大包小包耐心地微笑等待着,包括许多绅士和贵妇,还有老人和孩子们,甚至抱着婴儿的母亲,都一动不动,看我手忙脚乱,最终站在我身后一个时尚的肩膀上有着青色文身的胖妞很礼貌地征求我的意见:需要帮忙吗? 得到肯定答复后,才

第五大道的传说——纽约曼哈顿

很彪悍地帮我拿了下来。

开始非常惊讶，后来在美国各种场合都碰到这种"礼遇"，慢慢才习惯。先来后到，排队，遵守程序等好像是美国人在公共场所的"王道"，从小就养成的好习惯。但一个朋友幽默地说，如此这般，在美国不能看急诊！细想，哑然失笑。

一直觉得美国人很随便，特别是男女关系方面，到了美国才发现，他们其实很羞涩和腼腆。接触到的美国家庭，大多幸福美满。

在底特律的飞机上，两个不相识的性感男女坐在我旁边，男的俊朗潇洒，女的金发碧眼，简直就是天生的一对，虽然萍水相逢，但看得出来彼此都挺有好感。在我的想像中，两人之间至少应该激情演绎一段好莱坞电影中经常出现的眉来眼去、逢场作戏，但没想到他们彼此彬彬有礼，各自看电子书，身体还非常注意地保持距离，临下飞机，也只是点头微笑一下而已。

美国人很独立，很注重自己的尊严和别人的尊严，但我理解这种尊严来自强大的经济基础和民生思想，比如完善的"老有所养、病有所医"等社会制度，才可以把做人的尊严和体面保持到生命的最后一刻。

WD在罗切斯特有一个忘年交叫B，七十多岁，知道我们从纽约坐了七个小时的火车来，一定要邀我们到他最喜欢的乡村酒吧喝酒，从外面看，这家酒吧大门紧闭，里面装修很有特色，全卖老顾客。B和老板是二十多年的朋友，他说这家的牛肉汉堡才是美国正宗的口味，从选料到制作都很讲究，还有一种樱桃酒，在黄色的白兰地里放了一颗艳丽的新鲜红樱桃，口感不错，但很烈，B喝着喝着就有些高了。

交谈中，得知B曾是越战老兵，他祖上从英格兰移民美国，他喜欢运动，尤其是橄榄球，他还讲了许多窘事糗事，最后哈哈大笑说他并不老，很强壮。那天我们聊了很久，汉堡味道也确实不错，在异国他乡，宾客打开心扉，交谈甚欢。临别时，还有些依依不舍，只是那杯酒的劲儿真有些猛，接下来的脚步踉跄了很久。

去 WD 那儿的时候正值暑假,他的一个室友毕业走了,空出一间房子,一个叫玛格的美国女孩搬了进来。玛格是 90 后,但很胖很胖,身材像个啤酒桶,但仔细看她的五官,其实很小巧精致,也很爱美,每天把自己收拾得大红大绿的。虽然年纪不大,但很能干,自己开着车,拉着行李就把家搬来了,不像国内的孩子,都要父母送。

我一炒菜,因为放辣椒,油烟味很重,从小吃西餐的老美都不大习惯,玛格每天要被我"熏"好几次,她呛得一边流着眼泪打喷嚏,一边很有礼貌地对我说:"好香好香,你的厨艺很好。"弄得我很不好意思。也找机会"马屁"她。每次她化好妆出门时非常惊艳,我就立即诚心诚意地一个劲儿夸她真漂亮,她一听"beautiful"心花怒放,回我一个拥抱。每当她外出回来,我就比划着说给她留着中国菜、饭,要不要吃?她就感动得小脸通红,说中国人真好,她要明天开始学习中文。

只有一次,闹了一个小误会,她哥哥来看她,她给我介绍,我就拍拍自己的脸,指指她和她哥哥,意思是他们兄妹两个长得很像,没想到玛格理解成她和哥哥一样,脸上的肉很多,有些不开心。

美国最古老的小镇——圣奥古斯丁

佛罗里达有一个美国历史最悠久的城镇圣奥古斯丁,也是世界很著名的度假胜地。WD 和我上午从甘斯威尔开车出发,沿着那条著名的 US 1 线径直向北,据说这条公路是美国历史上第一条公路,一个多小时就抵达圣奥古斯丁小镇。途中经过非常美丽的圣约翰大桥,桥下是湖,湖面波光粼粼,蔚蓝宽广,生命的浩瀚如梦如幻、宁静温暖。

古镇依海而建,泊着墨西哥湾,蓝天、大海、阳光、棕榈树、绿草,还有马车和小火车,色彩斑斓,活力四射。但小镇确实很小,所有的历史景点都在海边短短几百米的街上,其中有一幢据说是美国最古老的 House(大屋),

纽约曼哈顿 第五大道的传说

也就才三四百年的历史,却代表整个美洲的改变,欧洲人对印第安人领土的征服。

这条短短的街道就是著名的"圣乔治"街,也是唯一的沿海大街,街两旁的商铺颇具特色,卖服装、鞋、首饰、瓦罐、印第安工艺品、冰激凌。每个商铺里面都有庭院,立体陈设商品,顾客可以随意进去休息,观赏主人全家的照片、购物和喝咖啡什么的。街上很多人牵着许多稀奇古怪、穿着"英伦风情"衣服的大狗小狗你来我往,走亲访友一般。有趣的是,那些狗狗都温和地看人,好像会说人话。

海边一大片草坪上矗立着著名的西班牙人的古堡,像座中世纪监狱。古堡据说有四百多年的历史,大概是在哥伦布造访美洲之后的一个世纪建成的吧。古镇上有许多客栈和旅馆,有的取名海盗之屋 Pirate Haus,挺有意思。墨西哥湾对面有个岛,岛上有一个灯塔,映衬着海面上的游艇和帆船,在阳光下格外醒目耀眼。

美国人的祖先是这片土地的征服者,相当尊重这里曾有过的印第安历史和文化,圣奥古斯丁弗拉格勒专科学校 Flagler College 是美国第一所学校,以前是个饭店,由大实业家 Henry Morrison Flagler 出资建成。现在是个文科院校。学校外墙用豆沙和紫红的大理石镶嵌,顶上有四个紫红色的尖顶,大门口塑着创始人的铜像。进大铁门后有花园、喷水池、石椅,沿阶梯而上,进得大厅,圆形建筑。富丽堂皇,只见水晶吊灯金碧辉煌,拱形玻璃窗户五颜六色,紫铜色的实木圆柱上有许多精美的雕刻,天顶上有圣母玛利亚的绘画,栩栩如生,一角还设立供师生祷告的礼拜堂。猛一看,像教堂,不大像学校。但因为是美国历史上第一所学校,意义上可能相当于我们的长城、兵马俑或者是埃及的金字塔,所以好奇的游人每天都怀着自豪和崇敬的心情来参观,络绎不绝。

在烈日下走了一天,回到甘斯威尔很累,我们去一家十美元随便吃、不够再加的饭馆,大桶柠檬饮料加冰,大包薯条、大盘面条、大碗面包、大块牛

排、大块羊腿,哪里吃得完,买单时服务员还真的信守承诺,主动给续加一份,提着沉甸甸的实在吃不完的"打包"心想,这十美元也太给力了。

美国最大的"中国城"法拉盛

原来曼哈顿的唐人街被称为美国"第一华埠",九一一以后许多华人为了安全都迁到纽约的法拉盛,法拉盛从此成为美国华人聚集最多的地方,中国特色越加风生水起,取代了风光的唐人街。走之前WD在网上定了法拉盛的华人家庭旅馆,名字叫"海外之家",只要六十美元一晚,在寸土寸金的纽约算是极其便宜了,还有一个主要原因是WD想去吃法拉盛地道的川菜、拉面和油条。去那地铁也挺方便。

从奥兰多飞纽约,要五个小时,主要是飞机不直飞,要在亚特兰大或是什么城市转机就浪费时间,美国航班都这样,据说是为了各航空公司共同的成本和利润,但每次行程都延长,很讨厌。抵达纽约肯尼迪国际机场之后,"海外之家"的老板夫妻开了一辆车来接我们,开始以为是"超值服务",没想到到地儿后要收二十五美金。

老板夫妻是湖北人,挺精,他们开的是夫妻店,大老婆早就离了,独自带着儿子在国内,老板负责生活费。现在的老婆年轻,生了个女儿,一家三口在美国。

"海外之家"因留学生们互相推荐,在网上知名度还挺高,但到了门口才发现其实没有"门",看到的只是一个公寓的单元入口,"之家"是"混"在一幢旧楼里面打通装修的,从外边根本看不出来,夫妻两个也不请小工,四层楼的清洁卫生、用品发放、被褥换洗、押金收款,还有几个机场客人的随时接送,都是关着门自己搞,夜以继日,钱可能赚了一些,但辛苦可想而知。

一到法拉盛,就像到了国内某个三线城市的城乡接合部,灰蒙蒙的,四面八方全是中国人、中国店铺、中国餐馆、中国话,还有个别的"法轮功"在

第五大道的传说 纽约曼哈顿

路边发传单,颇有点脏、乱、差的味道,许多在街边做生意的家庭妇女灰头土脸,穿得比"文革"前的中国人还简朴,一口家乡土话。但一打听,都是移民几代持有绿卡但连一句英语也不会讲的美国人。

我在一个卖头花的店铺前买了一个黑色的发箍,一美元一个,老板娘还送了我一个灰色的,说一天没生意。我开玩笑说:一元人民币吧?她撇撇嘴:要是赚人民币谁会来美国?

挨着她的店铺,有个卖光碟的,拉了一条醒目的横幅:国内最新电影,很多当地人宝贝似地抢购,仔细瞧了,有些国产影片早就过时了。恍然,太平洋已经无限地拉长了我们彼此的距离。街边能看见许多华人旅行社的招牌,去尼加拉瓜、加勒比海、华盛顿、旧金山什么的几日游,价格都不贵。

法拉盛有个小吃一条街,所谓街其实是个地下通道,水饺、拉面、肉夹馍、羊肉串、桂林米粉应有尽有。拉面现场押面,可以要求加各种配料,包括海鲜,味道十分好,价钱也不贵,五美元可以买一大碗。川菜也不错,回锅肉、鱼香肉丝、干锅肥肠、夫妻肺片、麻婆豆腐还挺正宗。属于金字招牌的有"朵颐""食尚""川妹子"等,大多是家族店,去晚了还要排队,只是水煮活鱼的鱼块像被炸过,口感不是很嫩滑。

离开法拉盛很长时间,WD还在耿耿于怀,他没吃到油条,在曼哈顿的唐人街上也没寻到油条的踪影,那是他童年时最爱吃的东西。也许还有好多属于他的真实记忆,也在这异国他乡找不到了。

在美国"过日子"

美国的国土和中国差不多,但只有三亿人口,几乎每个美国人都是庄园主,他们在奢侈的土地和能源中享受着比中国人高出数十倍工资的高质量生活。

从表面看,他们诙谐幽默、谈笑风生,喜欢跑步、喜欢旅游、喜欢喝加大

量冰块的矿泉水、喜欢晒太阳。有一次我们住在奥兰多的旅馆,天刚亮,还没见太阳的踪影,一些大婶就把自己"剥"得光光的只剩下一个比基尼,急不可待地在泳池边躺下来等待阳光。

我后来分析,美国人之所以那么喜欢此项运动,可能和他们的皮肤没有黑色素、房间空调太低、常年喝凉水有关系。按中医的说法,他们需要补补元气,以求阴阳调和。

美国的温度都是华氏多少度,电视里的天气预报全是六十、七十、八十度,看了觉得很滑稽。因为虽然这么"高"的气温,但在室内、飞机上、商店、餐厅等地儿都感到很冷。当然美国人不觉得,他们如鱼得水,满面红光,大冬天都只穿一件衬衣。

美国大部分公寓的厨房都是四个炉灶并在一起,有的用电,有的用气,同时打开,蒸肉、煮饭、炖排骨汤、炒菜,几十分钟之内一顿色香味俱全的中国餐可以搞定。

不过它有一个极其敏感的油烟报警器,一点点风吹草动就大声尖叫,有一次我做红烧肉,火大了点,肉皮略焦,报警器不依不饶地响彻整幢公寓。WD吓得赶紧把锅从炉灶上拿下来,打开所有门窗,他说:如果再响下去,警察赶到会要求公寓里的全体人员撤离,就麻烦了!

美国人没有晾衣服的习惯,家家都有一个滚筒甩干机,衣服出来就完全干了。开始听着轰隆轰隆的声音,想着自己的大多衣服在国内都必须"干洗"的限制,战战兢兢丢进去,豁出去全部变成"咸菜",但没想到出来后的效果还很不错,真丝、全棉的裙子衣物亮泽挺括,如同简单熨烫过。不过很费电耗时,中国老百姓如果天天甩干,估计会被钞票逼得哇哇叫。

由于阳台上没有晾晒的衣物,视线就很明朗,经常看见清理小区垃圾和维护草皮的工人在认真地干活,有白人,也有黑人,大都器宇轩昂,西装革履,神态高贵。

在美国过日子其实不贵,节省一点,在佛罗里达偏远的"农村城市",到

第五大道的传说——纽约曼哈顿

超市买三百多美金的油盐柴米，基本可以维持一人一个月的生活。而且物品极其丰富，五花八门。鲜肉都是切好的，片、条、丝、肉馅儿，回家可直接烹饪，很方便。一大罐鲜牛奶也就两美金多一点。

WD他们那儿有一家华人开的"重庆"，什么酱油、陈醋、地瓜粉、芝麻酱、年糕、槐花蜜、酸奶、干辣椒、豆豉、芸豆、八角、大葱、生姜、蒜瓣儿、煎饼、小笼包，应有尽有。沃尔玛也是他们常去的地方，里面居然卖各类枪支和堆积成山的"大米"，我说扛一袋回家，WD笑着直摆手，他说那些全都是名牌狗粮。

在美国期间，电视播放的节目也没多少政治内容，大多是吃啊、玩啊、旅游啊、购物啊、脱口秀啊；曼哈顿的百老汇演音乐剧《妈妈咪呀》其实情节很荒诞，单身妈妈唐娜在生女儿之前和三个男人有性关系，最后女儿苏菲长大后把这三个男人都找到一块儿，希望知道谁是自己的亲身父亲。但许多美国人看得津津有味，一口气就演了半年，火得不得了！

还有电影院里放《变形金刚》《钢铁侠》《功夫熊猫》《哈利波特》什么的，也是人群涌动，一票难求。假日里，"环球影城""迪士尼""海洋公园"经常见到美国人拖儿带女，举家出游。只从表面接触，觉得他们在寻常日子中的快乐和幸福指数似乎唾手可得。

只有在曼哈顿纪念九——那个橘红色的铁塔附近，我看到一个噙着眼泪的老人在铁塔下面放一束鲜花，我不知道这束鲜花是要送给谁的？但无疑是他在幸福生活之外遭遇的伤痛和悲怆。在这一点上，也许全人类都是共通的。

塞纳河情调

> 塞纳河上的玫瑰 它的养分是我的泪
> 花瓣的颜色越妖艳 我却越憔悴
> 它缓缓落下的露水 从来没人在意
> 哪一颗是我的眼泪
> 爱 会让我痛
> 我 却不懂恨

这是歌手小天后邓紫祺唱的《塞纳河》,旋律还可以,但实在听不出和塞纳河有什么关系?几百年来,塞纳河的爱与恨——诗意地传诵着,但这条河,从来不曾憔悴。

《沿着塞纳河到翡冷翠》这本书,是艺术大师黄永玉的作品,它既是生动的欧洲游记,也是隽永的文化散文,同时配有黄永玉先生在欧洲画的百余幅油画和素描,图文并茂。

翻开书页,看到一位中国老帅锅,支起画架,安然坐在塞纳河畔、翡冷翠街头,专心画他的画,写他的文章。

塞纳河情调

在完成了两次丰盛的欧洲文化艺术旅程之后，他从优雅的塞纳河出发，沿着凡高的脚步，追索印象派画家们的踪迹，散步在美得令人心碎的翡冷翠，走进达·芬奇生活的小巷，再与薄伽丘、但丁相遇。黄永玉还专为此书设计了一枚藏书票：一位老人，肩负背囊，手提画箱，跋涉在漫漫旅途中。旁边是陆放翁的诗句："远游无处不销魂。"

这句诗也是我一直追捧的。

还读徐志摩《欧洲漫录》，他赞美："塞纳河，流不尽的浪漫情怀。"巴金感怀："早年我只身去巴黎留学的时候，最喜欢的地方就是塞纳河。"塞纳河，曾经聚集许多蜚声世界的文学巨子，丰厚的文学积淀超越了这条河流的本身。

那里曾经有巴尔扎克、左拉、都德，经常在左岸的咖啡馆聚会，那里有萨特、加缪、毕加索、海明威在河上的身影。

大约一八九一年的初春，巴黎的一个少女，一个雕塑家的模特，在塞纳河投河自尽。因为她死亡时的面貌不改，特别是口角眉目间还带着一缕微笑，好像在诉说着死亡的温馨，所以被人铸出一幅面具销售，面具的复制品遍及欧洲的大小城市。两三年后，这幅面具迷倒了罗曼·罗兰，他把它与贝多芬的石膏面具挂在一起，声称自己生活在这两个幽灵当中，一个是理想的情侣，一个是理想的友人。

一九三二年，中国作家冯至在柏林也买了这少女面具的复制品，9月2日他写出著名的散文《塞纳河畔的无名少女》。这个面膜他一直带在身边，一直到"文革"被红卫兵敲碎。

我看过那个面膜的图片资料，塞纳河少女死后流露出的轻柔美丽的微笑，像个天使，堪比蒙娜丽莎的微笑，似乎在向世人诉说着塞纳河不可撼动的生命永恒。

前不久，巴黎市长德拉诺埃在国际妇女节前夕提出建议，将巴黎城内塞纳河上正修建的第三十七座桥命名为"波伏娃"桥，以纪念这位撰写出

《第二性》的杰出的法国女作家。

据说,杜拉斯,也将以地域命名,希望她和她的《情人》也浪漫于塞纳河畔。

塞纳河边有一个莎士比亚书店,数十年来不仅是人们购买英语书籍的地方,还是很多穷困作家的借居地,店主乔治·惠特曼通过卖书发家,然而他从未忘记过回报那些作者。

莎士比亚书店成为很多作家的避风所,几十年中,成千上万的作家曾经在那里帮过忙,以换来食宿及更长时间的借住。

最近乔治·惠特曼因病去世了,他的女儿接替了他。

同样作为一个作家,我瞬间感受到塞纳河的暖意,莎士比亚书店的暖意。

作为法国第二大河的塞纳河,灵动曼妙,沿途有着数不尽的风景。

河上几乎没有别的轮船,能看见的只有五彩缤纷的游轮。登上游轮,放舟塞纳河就能将巴黎的故事尽收眼底。

有人总结:左岸的诗歌、哲学、咖啡馆、艺术;右岸的财富、传奇、金融集团、奢侈、理性。总之,塞纳河两岸都演绎着和充满了法式情调和历史文化。

游轮的起点在埃菲尔铁塔,和照片上一样,用宏伟和巨大来形容它一点也不夸张,且不说它在世界建筑史上的许多桂冠,单说每七年一次的刷漆就要耗费近百吨油漆,不得不令人咋舌。站在它的上面,俯瞰巴黎,巴黎像一粒灯火。

一八八九年,为纪念法国大革命一百周年,设计师艾菲尔建了这座铁塔,巴黎市民纷纷指责他的设计,说铁塔是"一堆没用的废铁"。

如今埃菲尔铁塔成为巴黎的象征,吸引了无数游客趋之若鹜。

船行数分钟,北岸便是世界瞩目的艺术宫殿——卢浮宫,它初建于一一九〇年,后又经过七百余年的扩建,成为一座富丽堂皇的王宫,曾居住过

塞纳河情调

法国五十多位国王与王后,他们有的寿终正寝,有的死于非命。

现在卢浮宫是世界上最著名、最大的四个艺术博物馆之一,收藏包括达·芬奇的《蒙娜丽莎》,米洛斯岛的《维纳斯》,米开朗琪罗的《胜利女神》、《奴隶》和路易十五的加冕皇冠等在内的艺术珍品达四十多万件。

与卢浮宫隔河相望的是巴黎另一座博物馆——奥赛博物馆,它以展出近代法国艺术精品为主,与卢浮宫和以收藏当代艺术品为主的蓬皮杜艺术中心成三足鼎立,也以馆藏之多之珍闻名于世。有趣的是,奥赛博物馆原来是一个火车站,一九七三年,总统蓬皮杜下令将它改建为国家博物馆,游客又多了一处瞻仰法国文化的去处。在那巨大的钟楼后面,莫奈、凡高、罗丹等世界级艺术大师的艺术作品每天都吸引着无数游客参观。

塞纳河上有三十六座风格各异的桥梁,一桥一典故,一桥一风景,引人入胜。每过二三百米,就会有一座造型不同的桥,桥上桥下都是雕塑,娓娓叙述着一个个历史故事。

二战时期,希特勒曾命令德军驻巴黎总指挥官炸毁所有桥梁及城市建筑,指挥官犹豫再三,没有执行希特勒的命令,保护了这些桥梁和这座城市,至今法国和所有游览这座美丽城市的人,都会从心底感谢和崇敬这位指挥官。

可惜我不知道他的名字。

院士桥,是一座步行桥,通向著名的法兰西学院。每天,有许多世界著名的人文学者从桥上走过。

法兰西学院的主要任务是负责编纂法语辞典以及颁发道德及文学奖。法兰西学院只保留四十把院士座椅,只有在位院士辞世后,方能选出新院士。新入选者在欢迎仪式上的致辞演讲,不能讲自己的成就与观点,只能阐述传统或前任的学术造诣。对自己理论的基础和传统都不甚了解,是不可能建立起自己的理论体系,坐上那把交椅的。

西岱岛上传来巴黎圣母院报时的钟声,低沉绵长,荡气回肠。听这钟

声,仰望着圣母院高高的哥特式的教堂尖顶,让人联想起《巴黎圣母院》那个丑陋而善良的敲钟人卡西莫多奋力敲钟的情景,仿佛看到集真善美于一身的那个吉卜赛少女星星般的双眸,这是法国浪漫主义作家雨果的作品,也是对世界文化的杰出贡献。

又看到一座桥,河中心高高地站立着擎着火炬的自由女神像,她的样子与美国纽约自由岛上的自由女神像一模一样。

为了纪念美国独立一百周年,法国做了一尊自由女神雕像赠送美国,自己也做了一尊留在塞纳河上,两尊自由女神雕像只是大小不一,美国的那一尊是这一尊的十倍,游人可坐电梯上到它的头部,是美国的最高雕塑,成为美国的标志性建筑和美国形象的代表。

美国的自由女神我去看过,以为是位美利坚的印第安祖母,原来是个摩登优雅的法国女人。

游船返航已是黄昏,夕阳照在塞纳河上,水波荡漾,让巴黎显得无限魅力,十分迷人。

这情调,只属于这条河。

船过越南

> 我更爱你备受摧残的容颜
> ——杜拉斯《情人》

越南,一个多灾多难,历史上曾建立过多个封建王朝;一个深受中国文化影响,曾沦为过法国殖民地,也受到西方外来文化的侵袭,糅合出独特文化;一个地理环境优越,旅游资源丰富,多处被列为世界文化遗产的国家。

越南女人大多苗条、漂亮。

但去那里,不全是为着她们,而是为了另一个女人,一个生在远古集市一样繁华而苍凉的越南的法国女人——杜拉斯。

说到杜拉斯,可能所有女作家都会兴奋和冲动,因为这个女人太惊世骇俗了。

她有一句名言,大意是"不当作家,就做妓女。"换句话说,写作和婊子没什么区别。

玛格丽特·杜拉斯,法国当代最著名的女小说家、

剧作家和电影艺术家。一个堪称当代法国文化骄傲的作家,一个引导世界文学时尚的作家,一个坦荡走入通俗读者群体的严肃作家,一个与昆德拉、村上春树和张爱玲并列小资读者时尚标志的女作家,一个富有传奇人生经历、惊世骇俗叛逆性格、拥有五色斑斓爱情的艺术家。

她于一九一四年生于越南的西贡,杜拉斯的一生,就是她不停创作的一部小说。这个故事充满着酷热、暴风雨、酒精和烦躁不安,对话和失语、闪电般的爱情。

描述杜拉斯很难——温柔还是暴躁,天才还是自恋狂,谁也说不清楚。

玛格杜拉斯以小说《情人》闻名于世,但她浪漫风流,惊世骇俗,生活中的情人与她演绎的爱情故事比她的小说更传奇、更有戏剧性。

十六岁那年,杜拉斯遇见一个中国男人胡陶乐(音译),帮助她家渡过难关,也成为她的第一个也是终生难忘的情人。这段情感往事埋藏了五十年后才向世人吐露。

一九八四年,杜拉斯在七十岁时根据这段往事发表了她最著名的小说《情人》,该作品于一九八六年获里茨-巴黎-海明威奖,是"当年用英语发表的最佳小说"。在这部十分通俗的、富有异国情调的作品里,她以惊人的坦率回忆了自己十六岁时在印度支那与一个中国情人的初恋,该书还荣获当年的龚古尔文学奖,被译成四十多种文字,至今已售出两百五十万册以上,使她成为当今世界上最负盛名的法语作家。

我看过改编自她《情人》电影的其中一部,这是一部关于印度支那题材的影片,二十年代的西贡,夜幕缓缓撒下的湄公河,阑珊恢宏的灯火里,梁家辉的眼神,珍玛琪的背影,两人的默默痛苦,故事当然是一出悲剧。精彩在于那句著名的台词"与你年轻时相比,我更爱如今你备受摧残的容颜"。

影片的语言及画面是情欲的,破碎、挣扎,摧毁贯穿其中。

很多女人爱死杜拉斯,我也喜欢,不是喜欢这个人,而是喜欢她书里的感觉。

船过越南

可能有些虚无缥缈,所以杜拉斯不是人人都感兴趣。虽然一船人都在狂欢,但大多不是为这个女人

于是我的西贡只能从船上远眺,拉着汽笛的轮船最终兴高采烈地拐到下龙湾。

还好,下龙湾一点也不比杜拉斯逊色。而且,杜拉斯归根到底是法国的,下龙湾才货真价实是人家越南的。

越南下龙湾是越南北方广宁省的海湾,位于北部湾的西部,离河内一百五十公里。传古代有一群白龙从远方飞来,被这里的绮丽风光所吸引,从天上下来留在海湾里。白龙翻腾激浪,化作千姿百态的奇山异岛。据科学工作者考证,这里是原欧亚大陆的一部分下沉海中形成的自然奇观。

下龙湾的风光秀丽迷人,闻名遐迩。被联合国教科文组织评为世界八大自然奇观之一,也是世界四十九大自然遗产之一。一般人说到越南的山光水色,首先会提到下龙湾。

在一千五百平方公里的海面上,山岛林立,星罗棋布,姿态万千。有的一山独立,直指蓝天;有的两山相对,一水中分;有的峰峦重叠绵延十几公里。这里有多少个岛,多少座山?至今没有精确的统计数据。据说共有三千多座,仅人们根据不同形状、特征命名的山、岛就有一千多座,其中一个斗鸡石尤其逼真生动。

我们从轮船上下到一只只的"小龙船"上,像鱼一样穿梭在平静的海面上,大海上浮动着一座座千姿百态的石头山,山体上或怪石嶙峋或盛长着四季青葱的植物,很像水中的桂林山水。

阳光照着,瑰丽绚烂,像是浓郁的油画;有风掠过,又变成一幅幅水墨丹青,人置身于画中,恍若到了天之尽头。

杜拉斯到过下龙湾吗?是和杨吗?

有块山崖,很像伏案写作的女人,她的长发飘散在水上,梦幻一般,极目天地深处,我突然又想到她。

　　杜拉斯七十岁时认识了不到二十七岁的大学生杨·安德烈亚。成为她最后的一个情人，一直陪她走完八十二岁人生。

　　杜拉斯已近古稀，风韵荡然无存，酗酒，怪癖，乖戾，人人都敬而远之。杜拉斯带杨·安德烈亚到处抛头露面时，有记者提问："这总是您最后一次爱情了吧？"她笑着回答："我怎么知道呢？"

　　直到一九九六年三月，杜拉斯长眠在巴黎巴那斯公墓里，了解杜拉斯的人说，这确实是杜拉斯的最后一次爱情了。

　　但我似乎听见这个女人在天堂里仍然惊世骇俗的笑声。

　　按照佛教观点：这一切对于这个女人都是前世注定的，当她走完这一生，就将永远不再重复这样的生活。会吗？又会是怎样的生活呢？

闲逛新加坡

闲逛新加坡

新加坡不大，但很牛。

因为是从泰国过境，所以行色匆匆。

但既然走过，就希望了解，哪怕仅仅只有轮廓。

这个全球最国际化的国家之一，它用鞭刑维系人们的道德规范，展示法律的威严，一直让我很震撼。

手上有朋友给的资料，在车上狂翻。

新加坡共和国又叫星洲或星岛，别称狮城，是东南亚的一个岛国。自一九六五年独立后，新加坡逐渐发展成为新兴的发达国家，是亚洲最重要的金融、服务和航运中心，全球第四大国际金融中心，被誉为"亚洲四小龙"之一。作为全球最富裕的国家之一，其经济模式被称作为"国家资本主义"，以稳定的政局、廉洁高效的政府而著称。

新加坡被称为狮城，鱼尾狮是新加坡的地标，由带有鳞片的鱼尾和狮头组成，共有四座，分别为狮爸爸、狮妈妈和狮宝宝。鱼尾狮口中会喷吐出一股清泉，寓意财

富和幸福。

鱼尾狮的狮头含义,《马来纪年》记里所记载:公元十一世纪,三佛齐王国的圣尼罗乌达玛王子在一座小岛看见一头神奇野兽,后来他才知道那是头狮子。就此,王子就将这座小岛命名为"Singapura",其梵文意思是狮子(Singa)城(pura)。鱼尾则象征在王子发现小岛前的古城淡马锡,代表新加坡是由小渔村发展起来的。

过去很多年,我有一个鱼尾狮的钥匙链,金色的,怎么都不褪色,可能比着狮宝宝做的,造型浪漫卡通,很可爱,一个闺蜜说喜欢,忍痛割爱,至今心里还存不舍。

新加坡用绿树鲜花装点城市,它的清洁、它的美丽使之成为世界著名花园城市。

走在路上,整洁的街道,绿意葱茏,看不到一点垃圾,在这里,乱扔垃圾、上厕所不冲洗、乱吸烟这些小事都被视作违法,要予以很重的惩罚。

一般社会仅要求公民要有基本素养,但新加坡对公民的要求很高。当你漫步在热带植物浓密的树荫下,享受着润入肺腑的带有花香的空气时,会油然而生对这个国家的尊重和好感。

新加坡是国际金融中心,高楼林立,这些楼宇体现新加坡人的风水意识和聪明智慧。

滨海艺术中心"大榴梿"让人印象深刻,大榴梿有四十二层楼高,直径一百五十米。巨大丝毫不影响它轻盈绽放,在阳光下,它散发着诗一般的芬芳。

围绕着金融中心水系,矗立着三栋高楼,链接楼宇顶部的是一条巨大的船舶,被称为世界最大的屋顶花园游泳池,它是著名的滨海湾金沙大酒店。

金沙大酒店由三座外观像 iPhone4S 屏幕的酒店大楼组成。在它高大的躯壳内部,富丽堂皇的装饰让其有了深邃的内涵。这里有新加坡仅有的

闲逛新加坡

两家赌场中的一家,另一家在圣淘沙名胜世界。最让人激动的当然是五十七层,高达一百九十八米的空中游泳池。如果你的预算足够,在此入住一晚,在游泳池俯瞰现代化的坡国全貌,绝对值回房价。

金沙购物中心内基本都是世界大牌。只有想不到,没有买不到。我们是晚上跟朋友去的,怕打烊,一路跑得气喘吁吁,在"普拉达"专卖店,我看中一新款的红色大包,因为新加坡没有假货,丝毫不犹豫,立即收入囊中。后来在机场免税店买"香奈尔5号",也是这样出手。

金沙的赌场在新加坡是最有名的,要想进去玩必须带护照,而且不能穿拖鞋,不能带水。为什么不能穿拖鞋?没想明白,难道希望赌钱的人个个衣冠楚楚,输了也要注意形象,不带耍赖?

从金沙出来,夜已经很深了,朋友带我们去吃消夜,想起新加坡的肉骨茶味道一般,就找借口拒绝。但朋友坚持,说要是没有吃过新加坡的大排档,等于没有来过新加坡。

新加坡的大排档通宵营业,吃客鼎沸,还要等座位,到底吃了些什么,海鲜、烧烤、牛排?我全忘了,但记得那些菜果然都非常非常好吃,大家大快朵颐,狼吞虎咽,碗里最后的汤水全被抢光了,一个个还意犹未尽。

至今想起来,立即口舌生津。

新加坡的乌节路 Orchard RD 也很有名,这条街绝对是坡国最繁华的街区之一,相当于北京的王府井,上海的南京路。这里商场云集,有易安城、高岛屋、百丽宫、DFS 免税店、ION,等等。这里有化妆品、服饰、箱包、各种生活用品、全世界各种品牌应有尽有,还可以讨价还价,运气好遇到商家心情好搞促销,价格让你尖叫。俨然是从屌丝、太妹到高富帅、白富美都可以尽情狂欢的地方。

乌节路里的 ION 是目前新加坡最大的商店,环境优雅,逛起来超爽。五十七层高的顶楼还有一个观景平台。看见有类似影星的女人在买美国乡村小天后用自己一首歌词命名的泰勒斯威夫特牌的香水,国内可是木有的。

新加坡有世界最高的飞行者摩天轮。四十二层楼高的新加坡摩天轮的轮体直径达一百五十米,总高度达到一百六十五米。二十八个安装了空调的座舱。摩天轮旋转一周约用三十分钟。

摩天轮坐落在滨海中心填海得到的土地上,从摩天轮上可以饱览新加坡市中心之外,还能远眺直到约四十五公里外的景色,包括印度尼西亚的巴淡岛、民丹岛以及马来西亚的柔佛州。

去新加坡,圣淘沙名胜世界是必去的景点,圣淘沙的马来语意思是"和平与安宁",圣淘沙是新加坡最重要的休闲岛屿,岛上布满有趣的旅游景点、度假村、娱乐设施,被誉为"亚洲最备受喜爱的乐园"。

去过之后才知道,是吃喝玩乐的实至名归。

圣淘沙环球影城比电影还精彩,从经典老电影到 4D 动画,谁都可以体验一把当好莱坞明星的感觉。新加坡环球影城有七大主题区,侏罗纪历险公园、水上世界、太空堡垒双轨过山车、木乃伊复仇记室内游戏、史瑞克大冒险等都超刺激。

"太空堡垒"双轨过山车据说是全球最高的,没有胆量的游客无法体验其刺激。

在购物消费方面,圣淘沙名胜世界有一个全长三百米的超级豪华购物廊,这里大都是国际品牌和新加坡本土的知名品牌,这里的 Victoria' secret 旗舰店,是美国之外的唯一旗舰店,另外 Damiani 珠宝、Canali 西装、vertu、versace、rolex 等国际知名品牌都进驻这里,绝对可以享受到奢华的购物体验。

在新加坡,还游览了新加坡国会大厦、新加坡政府大厦、鱼尾狮公园、牛车水原貌馆、新加坡滨海湾花园、伊丽莎白公园、小印度、中央广场。

一路干净美丽,礼仪周全,自然心旷神怡。

提醒,千万不要乱扔垃圾,不要在禁止的地方吸烟。

注意:防止血拼的冲动,当然土豪随意。

吴哥归来

> 假如我来世上一遭
> 只为与你相聚一次
> 只为了亿万光年里的那一刹那
> 一刹那里所有的甜蜜与悲凄
>
> ——席慕蓉

柬埔寨,在当代人眼里,一个动荡不定、战事连绵的灾难国家,据说常常令旅游爱好者们驻足不前。因而出发前,资深人士一再向我们强调安全,印象最深的是一定要背旅行包,还要牢牢把它抱在胸前。

但临上飞机前,众人突然发现青拿着一个圆嘟嘟的拎包,想像着她被歹人轻易抢夺钱财的情景,于是有些惊慌失措,但青一脸无辜,低声说未必有那么凶险吧?

后来几天证明了这姐们儿眼光犀利且内心柔软,如果对世间万事万物怀揣一份希望,那万事万物也将回馈以和平与爱意。在吴哥窟的几天里,并无月黑风高、尘土飞扬,而是阳光普照、民风淳朴、平安祥和。所到之

处,每一块石头上的雕刻都那么精美!尤其是那些舞蹈着、沐浴着、飞翔着的天女们,从她们的脸上看不到一点点痛苦与忧伤,这全是极乐世界中的女神,被人宠爱的女神。她们在快乐中诞生,在快乐中长存。虽然还有许多贫穷的孩子伸出小手问我们要糖果,但他们清纯的眼神让我们忍不住想把他们搂在怀里。看来硝烟和战火也难以阻挡一个民族曾经拥有的世界奇迹的风光历史和辉煌文明。

在某一个夏日,一口气读完一本畅销书,叫《世界上必去的五十个地方》,页面上赫然印着"吴哥窟"三个大字。看过《古墓丽影》和《花样年华》,画面和音乐中斑驳着高棉族的美丽。这次身临其境,觉得那些都是掠影和表皮,当你真正抚摸到冰凉散落却依然矗立呼喊着的石头的时候,当你亲眼所见古老树根和残垣断壁历经千年仍然生死与共,爱恨缠绵的时候,来自身心的颤栗促使血液涌动,让人感受到莫名的激动和幸福。

于是毫不犹豫地向朋友推荐说:去吧!爱它、喜欢它,这是你这辈子值得看一次的地方。有佛的脸,有微笑,有美,有温情,有穿越时空永恒的爱,有心灵的震撼,有精神的纯净,有身心的快乐,这还不够吗?

柬埔寨的国旗

吴哥窟离暹丽约六公里,是一座神秘而颓败的千年古城,因为王朝间的战乱而被遗弃,被遗忘。历经风雨剥蚀,从林莽野、枝藤绿叶将其覆盖隐没于怀中不为人所知。直到十九世纪一位法国植物学家探险至此,才将这丛林深处的稀世珍宝捧到世人的眼前。

吴哥古迹现存六百多处,分布在面积四十五平方公里的森林里。大吴哥和小吴哥是主要部分,其中有许多精美的佛塔以及众多的石刻浮雕,蔚为壮观。这些佛塔全部用巨大的石块垒砌而成,有些石块重达八吨。佛塔刻有各种形态的雕像,生动逼真。吴哥寺中的五座莲花蓓蕾似的佛塔高耸

吴哥归来

入云,柬埔寨国旗就以此为徽记,被誉为柬埔寨的灵魂。据说吴哥建立之初是为了供奉印度教中的诸神,历经百年的漫长搭建,到完成之时吴哥已经进入佛教时代。

我们是三月底去的,时值柬埔寨的旱季,临走前查了一下当地气温,平均三十九度,同行都是女人,不大研究什么旅行攻略,都被那里的酷热吓了一大跳,于是纷纷备了许多防晒、防蚊用品,大多还重点带了短袖T恤、短裤什么的,去了以后发现,由于阳光强烈,脸、胳膊、腿等其实容易晒伤。于是宇带的户外用品,尤其是"蒙面大盗"似的"魔术巾",受到大家的表扬。因为吴哥一些建筑陡峭,上下石梯几乎垂直,手脚并用的"狗爬"比较管用,打伞是不可能,尤其是在小吴哥神庙向上爬的时候,为了对神的虔诚和膜拜,还不允许带太阳帽和墨镜,有一"劈头盖脸的布"套在脸上确实挺方便。不过,如果在一光线灰暗的洞窟撞见,很容易被认为在伺机盗窃文物。

高棉的微笑

第一天,我们去了大吴哥。大吴哥城共有五座城门,城门高二十米,城门上雕有四面佛像,进入都城前,您远远便会看到高达七米的大石城门上头,四面都雕刻着国王加亚拔罗曼七世的面容。与印度教不同的是,这面容乃象征眼观八方耳听四面的四面佛菩萨,世人称之为——高棉的微笑。我们望着他微笑,望着他欢呼,是发自内心的,一来因为他很帅,二来因为当日天气很阴凉,如同江南的早春,连当地人都说罕见,我们有些受宠若惊!

巴戎寺,是由五十四座大大小小宝塔构成大宝塔,踏进去,似乎另一个世界。城其实是山,山其实是寺,寺其实是脸——那里面有许多巨大的佛脸,高额厚唇,都在丽日蓝天下微笑着,如同卢浮宫里蒙娜丽莎的著名微笑。

我们久久地注视着他佛法无边、宁静致远的神态，想说什么，又觉得不一定非要说出来。有一位朋友曾告诉我，你看他们，就如同看你自己的前世今生，不要问他在想什么，不要问他像谁，更不要问他从哪里来，只要觉得在此时此刻拥有了一份心灵的宁静就不虚此行！

斗象台到大高神殿之间，视野开阔，为古时皇帝挑选坐骑和考古学者研究的重要地方。宇突发奇想，从孙背包里借来一本畅销书，对着镜头做"文化苦旅状"。兰、青、仇一见，也轮番"如法炮制"，一时间，文化气息扑面而来，绵延不绝。嘎嘎！

斗象台的象鼻造型非常独特，大家都在那儿艺术"闷骚"，兰摆了好几个pose还不尽兴，干脆搂住鼻子做亲吻状。薇一见，灵感大发，说想起好莱坞某大片中一女星的经典镜头，叫宇把头发披散开来，用手托起对着相机媚笑，宇赶紧撮起几根黄毛，东施效颦一把。

接着是十二生肖塔，因为生肖和大家都有关系，看着亲切，于是大家鸡飞狗跳地直奔自己的生肖而去，没想到柬埔寨导游小宝赶紧阻拦，说那些东东因为风化严重，快倒了，不可靠近。于是吓得众人又牛跑羊叫地狂奔回来，充满了惋惜。幸好接下来的塔普伦寺弥补一些遗憾，因为大部分的吴哥遗迹都被修复，该寺保留了探险者第一次进入时看见的原始状态。由于经过五百年荒漠，故有巨大的树木盘结在围墙庙门口，视为奇观。百年老树缠绕着千年奇石，这种窒息般的拥抱，被誉为爱与恨的纠缠，还挺浪漫。《古墓丽影》的一些镜头就在这里面拍。

吴哥窟的天女

隔着两百米宽的护城河看吴哥窟的全景，想像着它昔日的盛况。仿佛感觉到一种神奇的召唤和引领，可以很清醒地听到自己的心跳和呼吸。尤其是看见那巨大的有九个头的蛇神在苍穹下栩栩如生时，每个人眼中的

吴哥归来

AngkorWat 都是不同的。

我们——抚摸那些历尽岁月的廊柱,抚摸那些饱经沧桑的雕刻,抚摸那些美得让人炫目的女神,感受到这一切曾有的鲜活和真实。吴哥窟的建筑可分东西南北四廊,每廊都各有城门。虽然已成废墟,但是这座建筑还是很壮观,完全可以想像在它全盛时的辉煌磅礴气势。殊不知梁朝伟和张曼玉就在此回廊中唱了那首《花样年华》。

吴哥窟外墙内侧有保留尚好的天女浮雕墙,这是吴哥窟最扣人心弦的景点。这些呈现舞蹈形态的天女雕像都裸露上身,头戴华丽的头冠,显得丰乳肥臀、雍容华贵。天女浮雕造型各异,有的拈花微笑,有的翩翩起舞,姿态之优美、雕功之精巧实在令人惊叹。最特别的是天女雕像脸上那神秘的微笑,让你瞬间感觉到浮雕仿佛都舞动了起来,周遭弥漫着裙裾飘逸和她们叽叽喳喳的谈笑声。

继续往石道走,可见石道两旁对称的长方形型建筑,这便是被称为"高棉艺术的珠宝盒"的图书馆。图书馆前不远处是两个人造池塘,池塘上种了许多莲花,这个莲花塘是捕捉吴哥窟倒影的最佳之处。导游小宝唯一为大家"公费"合影的地方就选这儿,照片出来,虽然一个个"出淤泥而不染",但脸都有些变形,有的"当事人"瞄了好一阵也没发现自己在哪儿。

除了天女浮雕,吴哥窟最引人注目的是有五座宝塔的主殿。此主殿建在吴哥窟的中心,被三重层层的石砌回廊团团环绕。从石道尽头的石阶进入回廊后便算进入吴哥窟的主要建筑。只见回廊的墙壁上刻满极富印度艺术色彩的精致浮雕,刻画的都是印度神话里的故事及苏利亚瓦尔曼二世的生平事迹,精细的雕工,令人叹为观止。

吴哥窟主殿前是一座"田"字形的走廊,要从这重重叠叠的走廊登堂入室进主殿还不是一件容易的事。首先你得手脚并用地爬上斜度达七十度,阶面狭窄、梯级又高的石阶,没有畏高症的人爬起来恐怕也心惊胆跳!去的那天,旅游的人很多,排队很长,吴哥窟的欧洲游客特别多,而且特别漂

亮,那些女老外,大多金发碧眼,身材婀娜,服饰鲜艳,男老外们,阳光俊朗,酷劲十足。尤其在晚上的吴哥酒吧一条街上,视线所及,非常养眼。似乎全世界的帅哥美女都聚在一起醉生梦死,特别有趣的是,当我们要求和他们合个影时,他们表现得非常礼貌,略带羞涩的腼腆。

粉红色的女王宫

除大吴哥、小吴哥外,女王宫也是吴哥古迹中著名的景点,被誉为"吴哥古迹的明珠"。此宫位于吴哥城东北约二十五公里处,原名湿婆宫。她的美来自精致的雕刻,整个塔祠群建筑奇巧别致、细腻优美。每座塔祠上都刻有各种神鬼罗刹,塔基及其两侧的神龛和门楼上也是千姿百态的浮雕,或人,或兽,或神。去女王宫之前,我们的心里都泛起一份温柔,均甚至想像那肯定是金碧辉煌、丝幔垂地,"致爱丽丝"的音乐曼妙响起、花园里玫瑰盛开、一派伊丽莎白似的英伦风格。兰更是虔诚,为了"觐见女王",她特地买了一条青花瓷图案的长裙,穿起来曼妙多姿,十分淑女,连走路都必须"碎碎"的,否则一不小心会绊倒,这对于一个保持了多年百米接力短跑冠军的女汉子来说,是有些为难。但到了女王宫大家才知道,这个女王宫的主人叫"湿婆",是个男生。

女王宫损坏比较严重,大部分建筑已倒塌成废墟,抵达女王宫时非常热,过去的粉红石雕已变成金黄,和新疆的"火焰山"颜色近似,大家汗流浃背地把自己放在颓垣断壁的"画框"中留影,很有油画的韵味。

因为热,大家一路都找水喝,宣临出发前不知道听了谁的蛊惑,说有一种综合果汁奶昔很好喝,鉴于她不吃榴梿,不吃"扯蛋",不吃方便面,大家希望她在"异国他乡"能完成这一小小的心愿,于是一到卖甘蔗汁的地方就问这种听起来很腐败的饮料,没想到,居然一直没找着。倒是有一种棕榈树的树汁很新奇,大家回来的时候带了许多用这个汁熬的糖,用竹叶包着,

吴哥归来

蛮低碳环保的。

落日天堂

吴哥窟,这座曾经辉煌灿烂,之后又被遗弃在森林里的宫殿,拥有一种被历经岁月后洗去浮华的大气而沉静的美。尤其是她的落日,据说夕阳映照下的吴哥呈现出悲凄、苍凉、让人叹息的美,这一瞬间轰然倒塌的王朝向我们述说着令人心碎、痛惜、绝望、颓败的历史,这种美让我们生出许多的遐想和感动。一定要去看,大家都这么想。

上巴肯山的路不是很好走,有当地人拉着大象让我们坐。当然不是直接坐在大象身上,而是坐在安在大象身上的华丽的披着红黄色绸缎的软椅上,好像古代王宫贵族出行的鸾驾。每个大象坐两个人,每人二十美金。那大象很大,耳朵有三尺,屁股像个八仙桌,不是往常卡通片中那种灰蓝色,而是黑黢黢的。

想像坐着大象上巴肯山,一定很浪漫,宇便强烈要求。于是青、兰、均、袁、宣等都"骑"上象背,黄昏中,有点微风,一行人在慢腾腾的大象背上,蜿蜒在树影婆娑的上山的小道上,眺望着巴肯山的迷人风景,听着牵象的高棉人把叶子含在嘴里吹出的清脆小曲,发思古之幽情,恍惚间已不知身处何朝何代?那感觉终生难忘!

从吴哥窟的顶端看下去,AngkorWat的美显得异常苍凉,四周围坐的人都静静的,没有一个人大声说话。在这个叫作落日天堂的地方,所有的眼睛都注视着暮日的归处,满怀伤感之心。可惜的是那天我们没有看到想像中的日落,导游告诉说是因为白天是阴天,云层太厚,太阳露不出来。对此,我们无语,看来享受了一整天的凉爽,是要付出代价的,正如"鱼与熊掌不可兼得"的道理放之四海而皆准!

废墟的黎明

  传说吴哥的日出同样奇妙,"明天一早去看日出,而且坐'突突'车去",欢呼声响起,庄总是在关键时刻提出极其符合民意的建议。"突突"车是吴哥标志性交通工具,前面是摩托,拖一四人"客舱",风凉又敞亮,在景区内就看得我们眼热,但都是别人包了的。这个车需要自己联系。袁英语不错,和酒店总台交谈了一番,搞定。早五点来接我们,看完再送回,每人掏两美金。

  凌晨五点,我们强迫自己从梦中醒来。昨晚约好的三个"突突"司机已经在微笑着等着我们。天微微亮,路边参天大树郁郁葱葱,风也不小,韩递给每人一只口罩,还挺管用。也许是游览路线设计得匠心独具,恍惚间,"突突"车拐了一个弯,吴哥窟那独特神秘的五座佛塔剪影跃然出现在我们的眼前。

  广场中央有一条长约五百米的石道,笔直通往象征圣地须弥山的吴哥仙塔。大部分看日出的人们都静静地聚集在广场上,昏暗中隐隐约约,或站或坐。吴哥笼罩在深沉的晨曦里,显得格外静寂。太阳升起的速度很慢,天已经亮了,还没有看见朝霞,我们开始焦躁,觉得可能又没戏了。

  正在沮丧中,一颗晶莹剔透橘红的太阳从吴哥窟残存的第一个塔峰和第二个塔峰中间缓缓升起,很自然,很清新,吴哥巨大的轮廓也逐渐变得清晰,我们在欢呼之余忽然觉得有点不安,这是一种很朴实的日出,并没有我们想像的盘古开天地般的"鬼斧神工",于是一种贴近大自然的亲切的情感油然而生。

  这种亲切而快乐的情感一路伴随着我们,特别要提到的是青和宣的老公给我们发来的短信,无论是青老公相当于"同志们辛苦了"的关怀之意,还是宣老公对"吴哥之旅"的诗意之赞,都让我们惊喜莫名!

吴哥归来

虽然吴哥的大部分建筑已倒塌成废墟,但吴哥古迹规模之宏伟壮观,其建筑艺术之璀璨夺目,依然令人惊叹。考古学家把它与中国的长城、埃及的金字塔和印度尼西亚的婆罗浮屠并称为东方四大奇迹。一九九二年,联合国教科文组织世界遗产委员会把整个吴哥古迹列为世界文化遗产。

此行,见证了这一切,开心!

卓玛的藏饰

因为没见过冬天的九寨沟,前几日就又去了一趟,长海已是雪景,银装素裹,分外妖娆。虽然飘雪路滑,但还是赶羊一样跟着最后一拨游客爬上黄龙。五彩池已结冰,颜色一块一块的,珍珠翡翠一般洒落一地,踩上去"嘎吱嘎吱"直响,像水晶宫里龙王女儿的梳妆台哗啦落在我们脚底下,呼进一口气,冷冽清新,跺跺脚,直呼"朗朗乾坤,清净世界"。

回来的路上,有两个当地藏族女孩拦车,司机欣然让她们上来,说她们要去百里以外的草原放羊放牛,搭个顺风车。两个女孩也很乖巧,说绝不白搭车,自报姓名后开始握着麦克风为大家唱歌,她们轮流着唱,还组织车上的旅客做游戏什么的,一时间,车里歌声悠扬,深情互动,其乐融融。

我开始也被她们调动起积极性,摇头晃脑地跟着大唱特唱,但后来却被她们的衣饰所吸引,光张嘴没有声音。两个女孩一个叫卓玛,一个叫错姆,自称姐妹俩,两

卓玛的藏饰

人都衣着光鲜,锦缎上衣,羊皮长袍,脖颈上挂着一串一串的各种首饰项链,金的银的,玛瑙玉石的,珠光宝气,金碧辉煌。放牧又不是出嫁,穿这么漂亮干吗?我有些疑问。

两女孩停止唱歌,拉出两个沉甸甸的大包,告诉说是帮外面的什么老板带一些藏饰品去卖。细想她们或许顺便赚点针头线脑钱,当在情理之中。于是我开始欣赏她们挂在脖子上的各种饰品,卓玛看出我有强烈购买欲望,就一一为我介绍,还很诚恳地教我看哪些是假的,哪些成色不好。突然我发现她戴在最里面的一个绿玉挂件,那玉石,绿黄浑然,温润剔透,关键是这个玉的外面用羌银手工打制出一个鹰和一个凤,造型雍容典雅,很像藏族贵族的家传之宝。这种款式和风格的藏族挂件,"见多识广"的我还是第一次看到,令我眼前一亮。

看我直勾勾地盯着它,卓玛笑了起来,她说这个是不卖的,因为这是她的阿爸亲自给她阿妈打的,阿妈又给她的。听她这么说,我有些遗憾,只好作罢。

看我恋恋不舍的样子,她想了一下,有些为难地说,如果真想要,比较贵。我叫她说个价格,她说最少一千两百元,我当时觉得那块玉的成色真假难辨,但羌银的手工应该比较真实,我按一贯的风格还价五百元,当时我还是真有些不好意思,想想人家家传的宝贝被我如此讨价还价肯定心情好不了,果然卓玛说不能卖因为太便宜了。

幸好车子又到了一个景点,我赶紧跳下车去看别的风景,一直到司机按喇叭催促才返回车里。

回到车上才发现卓玛和错姆已经下车走了,同车的人说卓玛一直找我,我一愣,找我干吗?车上的一个新娘子说她要把那个玉饰卖给你,她答应五百,但等不到你,我又还到三百元,她就卖给我了。

听完新娘子的话,真真切切看见那块玉饰已经熠熠生辉地挂在新娘子的胸前,我那个气呀,直骂卓玛太不够意思了。

接下来的旅游我就有些没精打采了,只有到卖藏饰的地方我才像猎狗一样高度警觉,全方位搜寻。因为我已经意识到这里面有些问题。

突然,我终于在一个角落发现一块和卓玛那个玉石一模一样的藏饰,多少钱?我都听出自己的声音有些发抖。

"一百八十元。"

"六十。"

"你再加一点!"

我转身就走,但听见卖主在后面喊我。我没回头,直到经过无数个卖藏饰的地方,估计前面已经不会再有摊点,又发现了一块"卓玛藏饰",我走过去,把它拿起来说:"十块钱,卖不卖?"摊主愣了好半天,很不情愿的样子,但最后还是很小声地说了:"你拿去吧!"我把"卓玛藏饰"高举过头,狂喜得快要晕倒。

车上的新娘子听说这件事情以后,把我买的和她买的放在一起比了半天,也没有看出有什么不一样。

后来回到成都,我在国家经营的大店里又发现了一块这样的玉饰,标价上千,而且说明确实是羌族人自古相传的手工制品,十元钱要想买到简直是天方夜谭,但我告诉他我现在挂在脖子上的就是十元钱买的。于是大家都有些困惑。

如果有时间,我准备什么时候再去九寨,我要去找卓玛,去见见她的阿爸和阿妈,我要看看那美丽如画的地方生成的所有美丽的东西,不是去考证什么价格,而是求一份快乐,求一份心情。

走近米亚罗

我过去以为川西就是平原和盆地,没想到却是千沟万壑、群山峻岭、冰峰湍流,万般奇美、夺人心魄。

比如甘孜,比如阿坝,比如……

从成都出发沿岷江而上,经汶川过理县,就进入甘孜阿坝藏族羌族自治州藏族自治区的范围了。

经汶川时,本来想到汶川地震后那个停摆大钟的雕塑前去驻足缅怀一下遇难的同胞,心里一直念叨,但过映秀镇时没停,以为在北川,但到北川才知道,那个遗址其实在映秀。我们看到的是北川新城,楼房林立,欣欣向荣。

也许生命会受到摧毁,但从来就不会停摆,只会生生不息。于是没有折返回去,带着略微的遗憾和更多的祝福继续前进。

往大山里走,几乎都是曲折陡峭的山路,一边是奔腾咆哮的岷江,一边是光秃秃的山崖。山崖伟岸,由大块的岩石组成,岩石嶙峋,时不时有碎石落下。江水清

澈而湍急，冰凉入骨。路边人烟稀少，似乎就我们一辆车在山道上孤独地狂奔。

过了杂古脑河而就抵达著名的风景区——米亚罗大风景区。

这里有神奇的东方古堡——桃坪羌寨。

桃坪羌寨依山而建，杂谷脑河水从寨前奔流而过。寨内耸立两座九层石块垒砌的土舍雕，与对岸山峰烽火台遥遥相望。羌寨民房依山建于斜坡之上，均以石块垒砌而成，古羌先民引山泉修暗沟从寨内房屋底下流过，饮用、消防取水十分方便，人行寨内但闻水声叮咚于地底。桃坪有世界上保存最完整的羌族建筑文化艺术"活化石"，至今仍然保持着古朴风情，每家每户都是自给自足地独立生活。

历史上羌族是好勇善斗的民族，喜欢依山傍水结寨而居。寨子里有一幢幢石头垒砌而成的碉楼般的屋楼，石屋不用砖、水泥、河沙、石灰修建，而是就地取材使用河水中顺水冲下的花岗石，当地俗称麻子石，切割加工成大小不一的石块，用当地的黏土垒而成。石屋冬暖夏凉，不易风化，又防震，防火，防水。石屋一般两三层，下宽上窄；一层养牲畜、堆杂物；二层是客厅、厨房、卧室、客房；三层屋顶平整可作晾晒场和打粮食场地。有的藏居甚至还有类似现代楼房中内、外阳台式的建筑。全部都用山上的大石头垒积而成，一般为三层，第一层养牲口，第二、三层住人。

除了住的用石片垒起相连的房屋和碉楼，还有隐蔽的地下水道和陷阱等防御性较强的建筑。进入羌族寨要通过溜索，就是河两边绑上铁索，人用绳子一头绑在自己腰上一头绑在溜索上过河。为了照顾老人和小孩，后来建了简易的索桥，敌人来临时，就砍断索桥。

当然，现在烽烟已去，防卫已成历史，我们进去走的是坚固的水泥桥了。寨子里家家户户门前屋后鲜花盛开，草木葱茏。

整个寨子屋屋相连，最著名的是贯穿整个山寨的地下水网。羌族人从山上引下泉水，但是怕敌人入侵时破坏水脉，就把水道修在寨子的地下。

走近米亚罗

水道流过每户人家,通过水管供给。一旦寨子被人攻入,就把水源切断,整个水道就变成藏人和转移的地道。这些四通八达的地下水网、迷宫般的古巷道,千年的古老防盗木锁,独木楼梯,可谓一夫当关,万夫莫开。

不过,从外观看羌寨,完全看不出民族间曾经的械斗和杀戮,满眼的清风明月,山清水秀,一排排色彩艳丽、画楼绣门,像凡高的水粉画一样的房子在蓝天白云下端庄俏丽地矗立着,非常漂亮,非常宁静。只有那门前湍急的河流和转经筒,诉说着无尽岁月中的历史和感慨,诉说着羌族人民的独特文化和建筑艺术。

羌寨附近,有一个卓克基土司官寨。依山而建,坐北朝南,始建于一九一八年,为四层碉房,一九三六年毁于大火,一九三八到一九四〇年,土司索观瀛组织人力进行重建。一九三五年七月,毛泽东同志及中央机关长征途中曾在官寨住宿一周。一九八八年,卓克基官寨被国务院列为第三批国家重点文物保护单位。

现在的阿坝州首府——马尔康,藏语意为"火苗旺盛的地方",引申为"兴旺发达之地"。据说就是以原嘉绒十八土司中卓克基、松岗、党坝、梭磨四个土司属地为雏形建起来的,亦称"四土地区"。

四川藏族作家阿来的《尘埃落定》改编的电影,就在这里拍摄。如今,这里的一切正方兴未艾。

继续前进,抵达米亚罗自然保护区。

米亚罗镇,藏语译为"好玩的坝子",米亚罗红叶景区位于四川省阿坝藏族羌族自治州理县境内,风景区内群山连绵,江河纵横,风光宜人,尤其是秋风乍起之时,桦树、松树、柏树、枫树、青杠、花楸、白杨、沙棘、海棠争相挺拔;高山柳、三颗针等灌木丛点缀其间,密不可分地被彼此覆盖。

在高原特有的蓝天白云底下,紫红、粉红、橘红、金红、黄绿、棕红、褐红、鹅黄、草绿交错其中,一步一景,是米亚罗黑水彩林有别于其他红叶的地方。

  红叶区延绵长达十几公里,那是一种长着像五角星一样叶子的树木,每年的十月底,这些叶子就会变成火焰一样灿烂。其中夹杂着墨绿色的松柏和金黄叶子的枫树,整个景区好像打翻的颜色盘,五彩缤纷,眼花缭乱。

  听说沿途有很多人来写生、拍照、唱歌、舞蹈、狂欢;还有人将茶桌搬到岷江边,隔着江水欣赏红叶,喝茶、饮酒、吟诗作画,捧腮发呆,情不自禁,流连忘返。我们到的时候,米亚罗区刚刚过盛夏,叶子要红未红,一切都很安静。但已清晰地看到所有颜色像风一样的最后奔涌、聚集和万千起伏,其中红色树皮的红桦树和一种嫩芽是红色的小灌木已经风情万种,叶子全部染红的时候,会是怎样的姹紫嫣红。

  回去的路上,一片小小的红叶落在头上,捧在手心仔细端详,只见深红流淌,浓妍盛装,非常美,她是米亚罗去年秋天嫁出去的女儿?还是今年秋天眉清目秀,脸上抹着高原红的信使?

甘南佛宫拉卜楞寺

有人说,甘南是高原上的香巴拉,雪山化成的圣地,这里有盛大的晒佛法会,有绚丽深厚的民俗,也有无尽的温情。

记得在青海塔尔寺的白塔前遇见年轻英俊的僧人丹增,虔诚地向我布施红尘中的缘起缘落,轮回里的前世今生,宿命时的千古传说,我感谢他的教诲是真谛,他微笑摇头说,不是真谛,是爱。于是我对这位佛门弟子刮目相看。

是爱,让我等俗人在世间苦苦驻守,是爱,使他等先知在青灯古佛旁超度远行。

问丹增如何有这般见识,丹增说他从小在拉卜楞寺学佛,我如雷贯耳,立即双手合十,阿弥陀佛,决定立即出发拉卜楞寺,拜访一下这个优秀学生的"母校",一路上还带着在塔尔寺请的一个小小的转经筒。

那几日行程很满,半夜从青海湖回兰州后,一大早又从兰州出发,一路上经甘南草原,满眼的藏区景色,牦

牛、羊群、藏獒、格桑花……美不胜收，五小时后抵达夏河，夏河县城是沿着大夏河东西走向的狭长一条，东面一半是县城居民的生活区，西面一半是庞大的拉卜楞寺群落。

拉卜楞寺位于夏河县城西一公里处，夏河在龙山、凤山之间冲积出一块盆地，藏族人民称之为聚宝盆，拉卜楞寺就坐落在聚宝盆上。夏河拉卜楞寺藏语全称为"噶丹夏珠达尔吉扎西益苏奇具琅"，一般称拉卜楞寺。拉卜楞寺是藏语"拉章"的变音，意思为活佛大师的府邸。自一七零九年创建至今，在国家的全力支持下，经历历代寺主嘉木样活佛和广大僧俗教民的不懈努力，已经成为包括六大学院，一百零八属寺和八大教区的综合性大型寺院，发展出独特的藏传佛教文化，包括建筑、学院、法会、佛教艺术、藏经等。拉卜楞寺是藏传佛教格鲁派最高佛学学府之一，被世界誉为"世界藏学府"。鼎盛时期，僧侣有四千余人。它与西藏的哲蚌寺、色拉寺、甘丹寺、扎什伦布寺，青海的塔尔寺合称我国喇嘛教格鲁派（黄教）六大寺院。

寺庙始建于清康熙四十八年，有十八座金碧辉煌的佛殿，万余间僧舍，崇楼广宇，鳞次栉比，金瓦红墙，气势非凡。其规模仅次于布达拉宫。寺庙的城垣均为红黄两色。前殿供藏王松赞干布像，正殿悬"慧觉寺"匾额，为清乾隆帝敕赐。寺中还有两座讲经坛以及藏经楼、印经院。拉卜楞寺以六大扎仓最为著名，扎仓，藏语意为学院。修显宗的闻思学院，修密宗的续部上学院、续部下学院，修天文的时轮学院，修医药的医药学院和修法律的喜金刚学院。其中，闻思学院为全寺中心，有前殿、正殿、后殿三大部分。可容四千喇嘛同时念经。殿内挂着各色彩幡，燃酥油灯百余盏，香烟缭绕，一派佛国气象。寺中还有两座讲经坛以及藏经楼、印经院，珍藏文物数万件，藏文经典六万余册。拉卜楞寺还有"拉康"十八处。"拉康"指佛寺，即全寺各扎仓的喇嘛集体念经的聚会之所。其中以寿禧寺规模最大，有六层，高二十余米，殿内供高约十五米的释迦牟尼佛像。屋顶金龙蟠绕，墙旁银狮雄踞,外观十分宏伟。寺内有许多铜质佛塔,有的来自印度、尼泊尔等国。寺内还有一尊鎏金佛像,高达十米,是尼泊尔工匠的杰作。这里还珍藏一部用金银汁书写的《甘珠经》,为稀世之宝。寺内珍藏藏文经典、书籍许多,在中国喇嘛寺中很有影响。人称拉卜楞寺为藏传佛教的高等学府,当之无愧。

我们在寺里走了大半天,与僧人擦肩,你来我往,出出进进,他们目不斜视,我们却忍不住有些眼花缭乱。

拉卜楞寺每年有七次规模较大的传统法会,其中以正月的祈愿法会和七月的说法会最壮观隆重。来自甘肃、青海、四川和内蒙古等地的信徒齐聚于此,欢庆一年一度的盛大节日。法会活动包括晒大佛、法舞、诵经、祈祷等佛事活动,考僧考试,宗教辩经,为期一月的藏民浪山节活动等,可惜我没有撞上。想起丹增,在这里学成,果然出类拔萃。

拉卜楞寺有全世界最长的转经廊。

当温暖的阳光照耀在拉卜楞寺藏经楼那金色的尖顶上时,我们也开始了与藏民同样的转经之旅。一个个虔诚的脚步,转动着经筒,转动着人生,转动着世界。藏民说,一个经筒就是一个法轮,只有经筒长转才能法轮长转;只有法轮长转才能世界永恒,只有世界永恒才能人心安宁。

走着,转着,有时也寂寞疲惫,道路漫漫,犹如人生。

我转完了寺外长长的经筒,据说这样也等于念完了所有的藏传佛经。

距离拉卜楞寺不到十公里,就是美丽的桑科草原。桑科草原属于草甸草原,平均海拔在三千米以上,这里人口少面积大,草原面积达七十平方公里,仅有四千多牧民,草原辽阔无边,野花灿烂。新鲜奶茶、糌粑、藏包、手抓羊肉等藏区特色风味让我们大快朵颐,忘形撒欢,又是歪歪扭扭地骑马,又是跟跟跄跄地赶牦牛,还围着篝火尖叫顿足转圈,尽情享受神秘淳朴的藏族自然风情。这一刻,我忘记了拉卜楞寺的"学生"丹增。

  在拉卜楞寺照了一些PP,好些朋友以为是在西藏拍的,是啊,西藏已经离拉卜楞寺不远了,我已经闻到雪域高原的神秘气息,无论是拉卜楞寺,还是布达拉宫,都是我们国家的宝藏,都是我心中的莲花。扎西得勒!

拉萨的八廓街和大昭寺

与仰视布达拉宫的神圣肃穆相比,触摸著名的大昭寺就温情多了,它位于拉萨老城区的中心,似乎普度众生的神就在凡人中间,周围是拉萨的商业中心,店铺很多,比如八廓街。旅游者和朝圣者不分彼此,熙熙攘攘,拜佛的和购物的各取所需,相安无事。我就在佛的身边最世俗地讨价还价买过一套"哥伦比亚"冲锋衣,感觉很微妙。

尤其是附近还有那个六世达赖幽会情人的酒吧"玛吉阿米",每日爆满。仓央嘉措是藏传佛教历史上最引人注目的一位上佛,一生行迹奇特,卓然不群。在其短暂的一生中,仓央嘉措留下情歌六十多首,首首经典,字字珠玑,那些纯洁美好的情感在他的笔下空灵隽永,刻骨凄婉,无不让人伤感唏嘘,受到世人狂热追捧。酒吧里的青稞啤酒味道不错。酥油茶很香,老外特多,很是热闹,酒吧书架上放有许多日记本,留下游客对爱情、人生的点评和感悟。我在那儿翻了半日,感动了半日。

  大昭寺距今已有一千三百五十年历史。它是西藏现存最辉煌的吐蕃时期的建筑,色彩非常漂亮。由松赞干布、文成公主和赤尊公主共同兴建,经历代多次扩建,最终形成占地两万五千余平方米的宏伟规模。它有五座金顶,一百〇八个佛殿。大昭寺里最著名的主佛是释迦牟尼十二岁等身像。藏文史书记载,这尊十二岁等身像是释迦牟尼在世时塑成的。据说,凡是见到这尊像的人,都能够解脱痛苦,生起希望,这是唐太宗李世民将文成公主许配给吐蕃赞普松赞干布临行之际,将供奉在洛阳白马寺的释迦牟尼十二岁等身像赐予文成公主携同进藏。当时专门打制一辆手推车,装载释迦牟尼佛像,公主一行翻过无数高山峻岭,渡过无数江河急流,遇到过无数狂风暴雪、地震、山崩,历尽千辛万苦来到拉萨。

  在大昭寺的正门入口处前面,竖立着两块石碑,这就是唐蕃会盟碑,又称"长庆会盟碑"或"甥舅和盟碑",用汉藏两种文字刻成。这块碑是吐蕃赞普为纪念长庆时的唐蕃会盟所建,碑文记载:"舅甥二主,商议社稷如一,结立大和盟约,永无渝替!神人俱以证知,世世代代,使其称赞。"碑文强调唐文成公主、金城公主出嫁吐蕃赞普,缔结舅甥姻好的历史,记载了这次会盟的经过、立石年月及双方参加登坛会盟的官员名单。这块碑见证了汉藏悠久的亲密关系,是汉藏历史上珍贵的文物。

  唐蕃会盟碑两侧种有著名的"唐柳",相传皇后在长安灞桥赐文成公主柳枝,公主带来西藏亲手种在大昭寺周围,也称"公主柳"。

  大昭寺坐东向西,太殿高四层,殿顶覆盖独具一格的金顶。殿门边框上雕刻着莲花、飞天、禽兽,具有唐代建筑风格。露天庭院,是举行拉萨传召大法会的地方。每年藏历一月初四至二十四,会召开规模盛大的传召大法会,届时拉萨三大寺的僧人数万人聚集大昭寺,举行丰富多彩的宗教法事活动。祈祷诵经是传召的主体活动,成千上万的僧人在领经师的率领下用训练有素的胸音低吟高诵,声音像大海波涛汹涌澎湃,具有动人心魄的力量。

拉萨的八廓街和大昭寺

最引人入胜的项目,是大昭寺南侧"松曲热"广场上进行的格西公开辩论。格西是藏传佛教格鲁派的最高学位,在场所有的僧人,都可以轮流向被考人发难,和他论辩经学,辩论声音抑扬顿挫很有音乐感,辅之以击掌、喊叫、不停比画,更有长串的念珠随着手势飞舞,场面非常精彩。

大昭寺内佛殿甚多,依次拜祭,眼花缭乱,要深入了解藏传佛教、密宗、莲花生才能搞明白,但只有"觉康"佛殿才是大昭寺的主体,也是大昭寺的精华所在。藏传佛教认为拉萨是世界的中心,宇宙的核心便位于此处。释迦牟尼佛堂是大昭寺的核心,这里是朝圣者最终的目的地。

这尊佛像是大昭寺的主神,藏传佛教的精髓,千百万佛教徒的信仰中心。

在西藏,我们看到,那些极度虔诚的佛教徒用人间罕见的方式表达对佛的崇信,他们从西藏各地甚至从千里之外,一步一个长头,仿佛用自己的身体丈量世界屋脊的土地,最后匍匐在这尊佛的脚下。

在大昭寺第四层——金顶,可以遥望布达拉宫,游人大多在那儿照相。大昭寺金顶是十三世纪以后的建筑.布局上意在突出释迦牟尼佛殿,此殿的金顶不仅建造得最高大,上面的雕饰物也有意区别。四个金顶都是汉地的单檐歇山式,覆盖着鎏金铜瓦,四角雕着摩羯鱼和火焰珠宝。金顶上排列着三个精致的金瑞,代替汉式建筑的吻兽,这也是大昭寺的特色。

当今,许多重大的政治、宗教活动,如"金瓶掣签",都在大昭寺进行。这些,都和西藏人民的经济、民生紧密相连,所以说它更加温情和平民。

布达拉宫那些沉睡的莲花

去过西藏的人都爱说在那儿灵魂如风袈裟飞扬。许多从西藏回来的朋友会眉飞色舞地向我描述纳木措、羊卓雍、阿里、墨脱、可可西里、唐古拉时都是跳跃"如风"的表情，但叙述布达拉宫时却显得有些缓滞，似乎羁旅的背囊中带给布达拉宫的爱有一份欠缺。于是在我的脑海里除了是松赞干布为迎娶文成公主修建的行宫这一点皇室的家长里短以外，对这座伫立在拉萨白塔边的宫殿一直未予以足够的重视。

真正抵达它时，我们的灵魂在这一刻呼啸轰鸣，悄然伫立，我们看见了世俗中无数次想寻找的那一瞬间——生命里的那些沉睡的莲花正在依次盛开。

距今已有一千三百多年历史的布达拉宫海拔三千七百多米，占地总面积三十六万余平方米，主楼十三层，高一百一十七米，是世界上海拔最高，集宫殿、城堡和寺院于一体的宏伟建筑。她依山而筑，宫宇叠砌，巍峨耸峙，气势磅礴，其建筑艺术体现了藏族传统的石木结构

沉睡的莲花
布达拉宫那些

碉楼形式和汉族传统的梁架、金顶、藻井的特点,在空间组合上,院落重叠,回廊曲槛,前后参差,形成较多空间层次,富有节奏美感,视觉加强了高耸向上的感觉,是世界建筑史上的奇迹。

相传,吐蕃王松赞干布好善信佛,迁都拉萨后,经常在拉萨近旁的山上诵经祈祷,为这座山取名"布达拉"。"布达拉"是梵语音译,译作"普陀罗"或"普陀",原指观音菩萨所居之处。这样一个神圣的居所,我第一次到拉萨时居然忽略了。我与佛擦肩而过,或许那时我离观音菩萨还十分遥远,打开慧根要经历修身养性的历程。

如今,我想我捅开这层辉煌的窗户纸了。果然,一踏上布达拉宫的阶梯,用震撼和身不由己来形容再确切不过了,那深红色与白色的宫墙如天地融合,阴阳交汇,完美无瑕,令人叹为观止。每一处线条都神圣和庄严,都氤氲着宗教的气氛,但又宁静、纯粹到了极致,所有人会立即受到无欲无念、从容不迫的强大感召。

宫殿依山而势,浑然一体,即使曲仄回廊,也紧紧嵌在蓝色的天穹中,往上行进,白云缭绕,宁静致远,佛光四射,如同跟着自己上辈子的灵魂进入佛的怀抱。

在六字真言中,所有的黄教、红教、达赖、班禅、圣湖、圣山、信徒、转经、风马旗、玛尼堆、天葬、水葬、塔葬,都在佛祖过去未来的温暖手掌中。

布达拉宫的主体建筑,就其功能主要分两大部分,一是达赖喇嘛生活起居和政治活动的地方(白宫),三百余年来,布达拉宫作为西藏"政教合一"政权的中心,收藏保存了极为丰富的历史文物和工艺品,堪称西藏历史文化艺术的博物馆,其中五万多平方米色彩鲜艳、人物形象栩栩如生的壁画是布达拉宫的一绝。

布达拉宫的壁画可分为宗教故事、风俗民情、人物传记、历史事件四类,布达拉宫扩建的场面被壁画生动地记录下来;文成公主进藏的壁画再现了七世纪汉藏两民族和睦相处的情景;西大殿一面墙上是一六五二年五

世达赖进京觐见顺治皇帝的壁画;十三世达赖灵塔殿内,绘有十三世达赖进京觐见光绪皇帝和慈禧太后的场面。宫中还有近千座佛塔、上万座塑像、大量的唐卡以及贝叶经、金珠尔经等珍贵文物典籍。二是历代达赖喇嘛的灵塔和各类佛殿(红宫)。

宫殿内的金碧辉煌超出想像,红宫内有八座存放各世达赖喇嘛法体的灵塔,其中以五世达赖喇嘛的灵塔最大,最华丽,高十五米,塔身用金皮包裹,镶珠嵌玉,据说共用黄金十一万余两,珍珠、宝石、珊瑚、琥珀、玛瑙等近两万颗。红宫中最大殿堂"司西平措"西大殿面积七百二十五米,殿内正中上方高悬乾隆所赐"涌莲初地"匾额,设有达赖喇嘛宝座。殿中还存有清康熙帝赠送的大型锦帐一对,是布达拉宫的珍宝之一。

殊胜三界殿是红宫最高的殿堂,一旁的经书架上,还置放着雍正皇帝赐予七世达赖喇嘛的北京版《丹珠尔》经书。红宫最西是十三世达赖喇嘛灵塔殿,高十四米,传说殿内的坛城用二十万余颗珍珠串缀而成。殿内还有纯金的佛像、玉石的灵塔、银铸的神龛,那巨大的天珠、绿松石、红宝石在天梁上闪烁着摄人的光芒,华美精致的卡垫、华盖、法器、帐幔、锦缎、金银器皿,瓷器和石器也令人眼花缭乱。怪不得进布达拉宫要经过四次严格的安检。

徜徉在这座艺术宝库中,其中的宗教气势更是锐不可当,在僧人响彻入云的诵经声和藏香袅绕中,我的每一根汗毛都如受洗一般得到浸润,恍若梦境,灵魂出窍,已分不清是来世还是今生,只记得六字真言如雷声轰鸣以及手心里沁出的冷汗。

我们对着那些稀世珍宝逐一顶礼膜拜、虔诚仰视每一位往身的达赖的仙体金身,反省自己没有抵达之前的浅薄和体会置身如同沐浴佛海后的快乐,觉得有清新释然、脱胎换骨的感受。

仙女纳木措

我一直把纳木措想成一个行走在雪域高原上的如星辰般的仙女。她的自然天成、空灵剔透、宁静纯洁、浩荡绝美是世俗女人一辈子无法企及的。

她空旷绝世地卧在雪域高原的怀抱中,感受着无与伦比的爱情的地老天荒。带给我们世代千古的感动,她的超然脱俗就像太阳四射,我抵御不住这其实来至心灵的光芒,湖水深蓝沉静,好像洗涤着我们灵魂的道道斑驳和尘土。

只想就一个人永远坐在湖畔,任眼泪在面颊上恣肆横流——倾诉我在大自然面前的虔诚和崩溃。我还摘下耳朵上的一对镂花银耳环扬手扔向湖水深处——表达我对她的顶礼膜拜!

纳木措位于拉萨市当雄县和那曲地区的班戈县之间。湖面海拔四千七百一十米,是世界上海拔最高的咸水湖,也是我国的第二大咸水湖,湖水最深处超过三十三米。东南部是海拔七千一百一十一米,终年积雪的念

青唐古拉山的主峰,一望无际的广阔草原在湖水的四周展开。

在西藏的传说中,"纳木措是帝释天的女儿,念青唐古拉的妻子",它们的造像分别为:念青唐古拉——头戴盔甲、右手举着马鞭,左手拿着念珠,骑白马;纳木措——腾云驾雾般骑着飞龙、右手持龙头禅杖,左手拿佛镜。念青唐古拉山在北方诸神灵中最具权威,它拥有广大无边的北方疆域和丰富的财宝。

藏传佛教认为纳木措是佛母金刚亥母仰卧的化身,身语意俱全,是藏传佛教的著名圣地之一。

离开青藏公路穿过当雄县城向北驶去是一条隐隐约约伸向娜根拉山谷的驮队古道。在过去的岁月里,年年都有成千上万的牦牛驮队组成上百万阵前往盐湖驮盐。如今,已经萧条的古道上再也难以听到驮盐人撼人心魄的吆喝声和哨声,取而代之的是寂静、崎岖的简易公路,把游人们引向念青唐古拉山脉的娜根拉山口。

站在娜根拉山口,向北眺望,前方有念青唐古拉山脉主峰——唐拉雅秀和世界第一大咸水湖——纳木措。"纳木措"是藏语,意思是天湖,对湖面海拔四千七百米的纳木措来讲,"天湖"这个名字真是再贴切不过了。天气好的时候,凡与绿和蓝相近的所有色彩都会呈现在湖面上,让人进入梦幻一般。身处这样的自然当中,使人觉得,人渺小得几乎没有存在的理由。

作为著名的佛教圣湖,纳木措周围有日处、修行洞、寺院及纳十八道山梁、十八岛屿等五十多处圣地。扎西岛就是其中最重要的圣地之一。

《纳木措祈祷经》中说:"在圣地扎西岛的周围,有两千八百菩萨的驻锡地,为奇异的自然景观而祈祷!"据说每到羊年所有菩萨和神灵都到扎西岛集会,为圣湖进行加持,使她更加圣洁、灵验,给众生带来富裕、幸福。

纳木措是牧民的生命之湖,与我们的精神世界和物质生活无法分离。它的雨水滋润着藏民丰美的草场,誉为"母亲湖"。

在西藏,牧民借助想像的翅膀,创造了丰富多彩的神灵世界,为雪山和

仙女纳木措

湖泊赋予强烈的生命色彩,为它们创作了浩如烟海的人神相互交错的各种版本的故事。

有趣的是,藏北的神山圣湖几乎都被拉郎配,比如念青唐古拉山与纳木措、岗底斯山与玛旁雍措、达尔果山与当惹雍措、西亚尔山与俄亚尔措,等等。可能纳木措和念青唐古拉山是最般配的一对。

纳木措与念青唐古拉山神千万年相亲相爱,但也不是没出现过问题,在藏北牧民中流传着这样一则有趣的传说故事。

在纳木措北岸约三十公里处有一座保吉山,与念青唐古拉山遥遥相望。威严峻拔的保吉山常与念青唐古拉山的爱妻——纳木措窃窃私语、缠缠绵绵。生下一个儿子——唐拉札杰。保吉山和纳木错为了不让念青唐古拉山发现唐拉扎杰,把唐拉札杰藏在保吉山以西约六公里处的大坝里。

奇怪的是,纳木措以北地区无论从什么角度都能目睹念青唐古拉山的尊容,就是站在唐拉札杰山看不到念青唐古拉山。

尽管唐拉札杰没被念青唐古拉看到,但它们的幽会还是被念青唐古拉发现了,念青唐古拉用长刀砍断了保吉山的双腿,保吉山再也无法站立。

纳木措后悔莫及,又回到念青唐古拉山的身边。

从自然环境来说,纳木措也是离不开念青唐古拉山的。因为纳木措湖水靠念青唐古拉山的冰雪融化后补给,沿湖有大小溪流注入,湖水清澈透明,湖面呈深蓝色,水天相融,浑然一体,名副其实的天湖,是西藏三大神湖之一。

佛教徒们传说它们"夫妻"是五方佛的化身。凡去神湖朝佛敬香者,莫不虔诚顶礼膜拜。此外还有五个半岛从不同的方位凸入水域,最大的是扎西半岛,这里也是旅行者最喜欢的景点。岛上分布着奇形怪状的许多岩洞,纷杂林立着石柱和奇异的石峰,怪石嶙峋,奇异多彩。顺时针环岛一周,大概要两个小时左右。

每当夏初,成群的野鸭飞来栖息繁殖。湖泊周围常有熊、野牦牛、野

驴、岩羊等动物栖居,湖中盛产高原的无鳞鱼和细鳞鱼,湖区还产虫草、雪莲、贝母等名贵药材。

十二世纪末,藏传佛教达隆嘎举派创始人达隆塘、巴扎西贝等高僧曾到湖上修习密宗要法。信徒传说,每到羊年,诸佛、菩萨、护法神会集在纳木湖设坛,大兴法会,此时前往朝拜转湖念经一次,其福无量,胜过平时朝礼转湖念经十万次。

因此每到羊年,各地僧俗信徒都不惜长途跋涉,前往转湖。到藏历羊年的四月十五日,这一活动达到高潮。纳木措湖边有无数马尼堆,它代表着人们对生命,对灵魂的祈愿和祝福。

我看见那些玛尼堆了,似乎比别的地方的玛尼堆更加滋润和空灵。忍不住,我给一位朋友发了一个短信,告诉说我面对着天堂一般极美的纳木措,忍不住热泪盈眶。然后把从湖边捡来的一块小石头搁在玛尼堆上面,仔细聆听从里面传来的佛语和圣山圣湖诵经的声音。

天下城郭

天下城郭

> 不想沦为芸芸众生的人只需做一件事,便是对自己不再懒散;他应听从他良知的呼唤:"成为你自己!"
>
> ——尼采

一

一个晚上,和曾经一起走过大漠高原,享受过牧场炊烟的朋友在一家原始氛围浓厚的餐厅聚会。这一刻,这座城市显得非常寂静,似乎所有喧嚣离我们远去,帘幕低垂、烛光阑珊中,一位可能是大学生课外打工的女歌手在小提琴的旋律下认真地唱着许巍的《旅行》。

站在这城市的寂静处
让一切喧嚣走远
只有青山藏在白云间
蝴蝶自由穿行在清涧

> 谁画出这天地又画下我和你
> 让我们的世界绚丽多彩
> 谁让我们哭泣又给我们惊喜
> 让我们就这样相爱相遇
> 总是要说再见相聚又分离
> 总是走在漫长的路上

那女歌手过于年轻,长长的刘海遮着她的眼睛,使我们无法看到她的欲望和思想;浅嫩的面孔和单薄的身体尚无法诠释出女人成熟的阅历和风情,而且声音过于尖利,没有"走在漫长的路上"那种曾经沧海的热泪和辽阔。

她不知道我们此刻更希望若有若无的、优美、浑厚、缠绕如水的低吟来浸润我们眉梢低头间,埋在内心深处清澈高远的自由世界中那朵白色的莲花。我们没说,但我们知道:"行者无疆"的跋涉是生命中沉甸甸的、至高无上的、无与伦比的欢欣!

一朋友端着红酒问:明年去哪儿呢?

是啊!又去哪儿?在这静寂如水的暗夜,忍不住仰望星空,寻找属于自己那一片飞过的悄然羁旅。白驹过隙,韶华已逝,时间总是匆忙而过。杂乱的脚步,涂鸦的城市,随着时间,已随风而逝的记忆,浮土若尘,很怕这一切不过只是一场俏语娇笑的风花雪月,而不是带着镣铐舞蹈的滚滚红尘。

我手机里有几张照片——土耳其、印度、乞力马扎罗、阿里、非洲草原。看到这些照片,我又有了在路上的感觉。

红酒很淡,远不及在呼伦贝尔草原夜晚抵御严寒的白干来得浓烈,似乎有一点乌镇的麦芽糖的滋味——记得乌镇的麦芽糖不是很甜,但不粘牙,放进嘴里绵软生香,那时我靠在船头随它慢慢地游着,恍惚间,乌镇的烟柳画桥、斜云夕阳、三秋桂子、十里荷花,一支燕子街着筑巢的春泥飞来。

天下城郭

　　这是我的一种常态的期盼,无论是在精疲力竭的奔波后还是无所事事的歇着时,不一定指路上。

　　当然,这时的自助餐厅里,苍穹下的日月已经黯淡,不可能会有一只燕子携带一筐桃花梨花穿云破雾而来。

　　那燕子一定在春雨中筑成巢了,但它的灵魂一定还会在秋的红叶和冬的雪花中剪着双尾飞舞;我们虽然经常在城市的逼仄中停下来,但我们的背包还捆得结结实实,我们一定还会走,因为生命不可能在手指尖上怒放,只能在双脚的行进和奔跑中盛开。

　　奔跑中,没有微信,没有网聊,不被堵在路上,如果我想你,就翻过三座山走出八里地,去结结实实牵你的手。不知为什么,如今的生活不如旧去的时光,总是那么容易破碎。

　　我一直尊崇在马背上驰骋追寻千古霸业的成吉思汗,在鄂尔多斯他长眠的陵前,我们知道他的蒙古帝国疆域将近三千五百万平方公里。蒙军成功攻克叙利亚首都大马士革之后,蒙古汗国的势力范围抵达西南亚,汉人大将郭侃还成功夺取小亚细亚半岛和地中海的塞浦路斯岛。

　　我在成吉思汗的"皇宫"内照了一张相,穿着和他的妻子蒲儿贴一样的衣服,长长的绿松石、红、黄玛瑙——细密的银饰珠链像刘海一样紧紧地贴住我的额头再垂向脚面,我以很舒服的随意的姿势斜靠在金碧辉煌的王座上喝马奶茶,而不是雍容华贵地做端庄威严状,主要是想,那个站在这位伟岸男人身后的从年轻到暮年的游牧女人应该是温润而自然的,像奔跑的母马一样湿漉漉,带着牧草的香味和蒙古包的舒适和温暖。

　　看到这张照片,就像触摸到千百年来草原深处的那份属于人类栖息的宁静,于是我毫不犹豫地回答——"亚欧版图",表示心已经野了,路已经远了,只能像成吉思汗那样,任马蹄下的花疯长着,随着一路即使坎坷,也走那儿就那儿了。

　　停下来的时候,也经常"深沉"地思考一下这活动的核心价值和人文精

神。一位走过万水千山的资深驴友叫我上黑可可西尼音乐网听一首歌,说别人早就搞明白了还用想?我心潮澎湃地听了以后却变得沉默。

那首《旅行的意义》主要是说一个跑遍全世界的旅行达人无法向他的爱人表达——旅行的意义什么?那爱人便幽幽地一针见血地娇嗔发帖,其实你离开我就是旅行的意义。

原来旅行的意义并不复杂,简单明了就是离开!?想离开什么呢?责任,内心,世俗,情感?开初想断然决然否定这些字眼,但又觉得有一种真实和潜意识在挽留它们,于是在情感上挣扎并承受挣扎时的疼痛!

疼痛来自于其实我的生活是牢牢依附于这些方面和内容的,我不可能离开它们,除非我"羽化",但这种妄想显然是无稽之谈。

离开会承受什么?一个人来到陌生的地方,注定要开启一场寂寞的旅行。那里没有朋友,没有亲人,唯一作陪的是星河日月、孤帆远影。

一个人,点一提灯盏,抚一把古琴,吟诵秦朝的长城、汉朝的关隘、唐朝的诗歌、宋朝的明月;在月光下、细雨中、山巅上、市井巷陌里拉长着孤独的身影——默默独行。

阳春三月,草长莺飞,姑且把这种离开称为流浪吧,在这个花和草浓得化不开、抹不去的艳丽季节,是喜是悲,和谁遇见,都是缘分。

但切记,离开的终极目的是为了更愉悦的相遇,抑或说是短暂的不在一起,是为了更长久地厮守在一起。

二

电影院里曾经放映美国科幻大片《阿凡达》,我是个爱到电影院享受视觉效果的人,自然要去看一下。

男主人公前海军陆战队员杰克是地球上的人,又是潘多拉星球上的阿凡达,二者利用高科技而灵魂合一。在地球上,他伤残、抑郁、遭人歧视、面

天下城郭

对各种人际关系不知所措,走在路上也险情不断,没有安全感。

而作为阿凡达,他健康、快乐、单纯、有爱、有恨、有力量,还有骑着五彩飞龙翱翔在天地之间的充分自由。在影片的情节中,他的灵魂一次又一次地"羽化"出窍;一次又一次地离开他的躯体。

在那个遥远的星球上,他看到无数摄人心魄的自然风光,他在绿野仙踪中得到所有纳威人的信赖,还获得漂亮的土著首领的女儿的芳心。他一直奔跑在丛林和高山峻岭之中,经常随心所欲地飞行在蓝天白云之间,像一个孩童回到故乡。这种可以自己主宰自己一切喜怒哀乐的世界,是我们的最高向往和想象,虽然是一个简单的童话,但又是大多芸芸众生永远的神圣梦想。

突然记起,我们经常仰望星空,每每莫名发呆,觉得不安,觉得燥热,那可能就是我们的灵魂在很遥远的地方游走,像阿凡达一样,高挑柔韧,细腰盈握,猫脸,马耳朵,对着蒲公英一样漫天降落的树精灵含情脉脉地说——I see you!

所以我们每一次看似不经意的兴高采烈的出行,其实心里都经历了很久的挣扎、犹豫、酝酿、渲染、煎熬,甚至破釜沉舟。所谓的一场嘻嘻哈哈说走就走的旅行,其实是一段很长很长的灵魂纠结、出窍的过程。

在片尾,不仅他的灵魂,而且他的躯壳也选择了离开。也许"离开"实际是一种寻找,寻找梦中的家园。所以我们一遍遍上路,一遍遍像阿凡达一样灵魂出窍,一遍遍让我们的心像箭一样射过河流。

我们异想天开地祈祷,想长一对翅膀,轻盈地在我们的精神世界里飞翔,这应该和逃避没有关系,和消极没有关系,和出世没有关系,和责任、轻佻、情欲都没有关系。这是一种人类从娘肚子里带出来的天性,只有触及大自然才能使之激动和为之苏醒,以至于我们生命终结时也是回归泥土、河流、雪山,只有这样,死去和活着的人才能得到安宁。

在罗布泊,楼兰遗址和小河墓地中,那些千年古尸躺在人迹罕见的荒

沙大漠中保持得楚楚动人和永恒的微笑就能给人诸多启示。

电影里崎岖山道两旁盛开着无数美若星辰的小花,看着十分的生动夺目,而这般的"香花弥漫"都是阿凡达生命本身折射出来的光芒,而不是别人眼里的风景。

印度心灵大师克里希那穆提曾经说:"如果我们满足于赚钱养家糊口,那么我们就看不到生命本身。我们的生命伟大而神秘,内部运行得像一个庞大的国家,它的深度和广度令人惊诧。"

很欣赏散文家田禾的一段文字:"我必须对自己的生活做一次彻底的颠覆,诞生出离之心,以触醒我找到继续前进下去的动力。于是,睁开崭新的眼睛,抛弃掉旧有的自己,搁浅工作,开始了一场没有线路和目的的行走。"

那是对内心从未厌倦的追逐。

朝西,是每一个众生心灵向往和追随的境地,我也不例外。在那里,将出离人类的生、老、病、死、爱、离别等痛苦,进入一个不生不灭的无量极乐世界。哪怕是地理意识上的向西,也是我不曾熄灭的念想。

三

"牵手"按闽南讲法应该多指夫妻恩爱、白头到老。

婚姻是最容易枯竭的,但新人们还是每每在婚宴上宣读和朗诵"白头偕老",这没错。但茫茫人海,你到底想和谁白头到老?你到底能和谁白头到老?这会让人常常产生疑惑。

毋庸置疑,在雪山、草原中的牵手是指"离开"后的牵手,是旅途上擦出的火花,是别处遇到的爱,是两个陌生人走在路上可能发生的不是"父母包办、媒妁之言"而是自己找到的情感,是人与人命运中那条冥冥中神秘的交叉线。

天下城郭

上辈子分成两半的灵魂一定是要千里追寻、万里跋涉地找到一起,哪怕一路跌跌撞撞、遍体鳞伤;哪怕是擦肩而过,眼睁睁看着它消失在万山沟壑;哪怕是历经千年的守候才等来的一个转瞬即逝的回眸;哪怕是金石相撞燃烧后飞扬起的一路灰烬。

要离开的东西却希望在路途上重新获得,这实际是心灵上的迁徙和骚动。天涯芳草和岳母的菜园只有人们在"不安分"的时候才会去关注它们的区别。

记得我们小的时候,很不愿意被父母关在家里,一有机会就想逃跑出去;在学校也希望早点下课,好到操场上去,我们不喜欢家长和老师日复一日的琐碎唠叨。那一扇扇家里和教室紧闭的门窗,似乎关闭了我们的童年、我们的快乐、我们的自由。

如今那些孩子长大了,但仍然还是"孩子",门外面的世界仍然比门内如出一辙的精彩,许多各种各样的声音在召唤着他们。他们知道,那路上,将会有许多其实是从自己以往充满了油盐柴米的内心里爬出来的非分妖娆和柔情蜜意。

辛弃疾写过一句著名的词——"我见青山多妩媚,料青山,见我应如是"。

在这里,"妩媚"一词应该指红花绿树、日月星辰,指我们与大自然紧贴着深深呼吸时,相互产生的那份浪漫、爱意以及由此产生的相见恨晚的急促心跳和畅意快感。

去过西藏的人都知道,六世达赖仓央嘉措曾经写过这样摄人心魄、万古流芳的诗句:"那一刻,我转动所有经筒,不为超度,只为触摸你的指尖;那一年,磕长头匍匐在山路,不为觐见,只为贴着你的温暖;那一世,我翻遍十万大山,不为修来世,只为途中能与你相见。"

在菩提的树下,众生显得渺小。佛且如此,何况人乎?

四

  莽莽青山,残阳如血,踯躅一路,风雨一路,寻顾着脚下黄土,捧一杯红酒望流水落花,会感慨步履坎坷。

  雄关漫道,于人于己不都是苍山如海吗?

  守候谁?和谁相遇,无人知道。

  文字永远描述不了你内心真正的,最真切的感受,那么,就留在心底吧!

  周国平的《人生哲思录》代表一种观点。他说:一个人在衡量任何事物时,看重的是他们在自己生活中的意义,而不是他们能给自己带来多少实际利益,这样一种生活态度就是真性情。

  许多行者就带着这样的真性情,活在他们的世界里。用脚丈量和诠释着他们生活的意义。

  也许在途中守候一生,也不能得以相见;也许朝鬓暮斯贴着温暖,也不能花好月圆。前方注定黄沙弥漫,但我们仍然为之祈福,为之企盼。也许这就是一种生命的过程和轮回。从起点走到终点,又从终点回到起点。

  所以,无论是佛的世界还是人的家园,其实人生如同旅行,漫漫长路不知道将通向哪里?但这过程中有离开,有沮丧,有迷茫;但更有等待,有执著,有梦想。

  还有人唱歌:"阿咪妈落,山上有美丽的花花,山下有风里的沙沙。"

  何处是京华?阿咪妈落——

  所以,天下所有的城郭,都是梦想者的梦想,远走是一份人生的缘分,珍惜吧!能走多远就走多远。

  所有的一切,都像候鸟一样迁徙和起飞,像动物的"寻偶"和"适者生存"。一位伟人说过,"万类霜天尽自由",它涵盖的是大自然的最高境界和

天下城郭

人类的天性。

一个人呱呱落地生下来,第一件事情就是面临"离开",那是离开母亲的子宫,而最终,还是渴望一路磕磕碰碰再回归她的怀抱,于是寻找,徘徊,痛苦,欢欣,所以心灵的飞扬和生命的怒放都来自于生命的本性,可以说,旅行很像一条热辣辣的、桃红李白的、青山绿水的人生的轨迹。

后记

一

十年前的那个三八节,母亲走了,走得很突然。

早晨,她起床,一低头,就倒下了,虽然用尽抢救措施,可她再没有恢复心跳,诊断是大面积心肌梗死。

当时,我正准备出行,她也正准备出行,但我们的出行都在她生命终止的这一刻像钟摆一样停止了。

她走了,匆匆的,神态高贵从容,如同落花飘向流水,又像去赴一个前世约定的宴会。

母亲知道我羁旅天涯,往返不便,用潇洒告别的形式最后爱了我一次,让我不因为她的病痛而往返劳顿。但母亲不会想到,这样带给我的将是永远的遗憾和内疚啊!

母亲生前生命蓬勃飞扬,几十年高朋好友满座,谁也不相信她会突然离去,待确认,大泪滂沱,家里放满悼唁告别的鲜花,芬芳之间,已无立足之地。一时间,惋惜和悲痛无处不在。

后　记

我知道凶信即刻飞往成都，母亲已躺在殡仪馆冰凉的馆柩里。

昔日骨肉母女，如今关山万重，阴阳两隔，我流泪呼唤着她，"世界上最疼爱我的那个人去了"，其时的伤痛实在无法用任何语言来形容。

母亲去世的前两天，我还和她通了一次很长的电话，因为她喜欢收集钥匙链，而我在去庐山旅游时专门给她买了滕王阁的钥匙链带给她。

她在电话里一再说她很喜欢，还有些伤感地念了《滕王阁序》里头她喜欢的片段"云销雨霁，彩彻区明。落霞与孤鹜齐飞，秋水共长天一色。渔舟唱晚，响穷彭蠡之滨；雁阵惊寒，声断衡阳之浦"。

现在想来她好像在和我告别，因为我们最后送她上路时的景色和这个描写非常吻合。

母亲出生在旧时的官宦之家，十七岁时曾经穿着大红色的风衣牵着一条叫作"美丽"的狼狗赤脚跑在哈尔滨飘雪的大街上。

但就是这个浪漫的少女，始终向往共产主义，早早投身革命，后来考入中国人民解放军军政大学随二野大四团直属连南下，拥有了她值得自豪的履历。

母亲不是学中文的，但特别沉迷读书。列夫·托尔斯泰的《安娜·卡列琳娜》，狄更斯的《大卫·科波菲尔》，巴尔扎克的《悲惨世界》，司汤达的《红与黑》，雨果的《巴黎圣母院》，罗曼·罗兰的《约翰·克里斯多夫》，夏洛蒂的《简·爱》等世界名著是家里书柜里的至宝，《红楼梦》更是陪了她一辈子。

她曾经在我一张童年照片的后面写过一首诗。

　　我的女儿
　　你在想什么
　　是天上的云
　　树上的鸟
　　还是那漫漫的五彩路

　　有时我想,这是在问我呢?还是问她自己。

　　烟水江南,无穷山色,如果是问她自己,如果我们的梦里注定有这条漫漫的五彩路,我就祝福她,春水放舟,桃李如画,归去来兮,归去就归去吧!

　　我还要为她唱一首深情的《出塞曲》,让她了结平生事,做一回梦中的青鸟、水中的游鱼,收拾晚云,荣归故里,自己背着行囊独自出发,尽情享受大好河山。

　　母亲历尽风霜,但达人知命,天高地远,走过了有爱有恨、悲欣交集的平凡一生,在生命的最后一刻她想了些什么只有天知道了,但有一点:她对自己的一生肯定没有刻意追求不朽,但太多生者发自内心送给她的尊敬和悲痛已可告慰她的在天之灵,她带着我们大家的眷恋和祝福踏上极乐世界之路,当属人生之大幸。

　　最后,我们按照母亲的遗愿,护送母亲的骨灰到四川宜宾的三江口,在长江、金沙江、岷江的汇合处,用七百三十朵玫瑰、七百三十朵黄菊、七百三十朵百合送母亲上路。当时,江风浩荡,汽笛长鸣,细雨飘飞,一朵朵鲜花落在宽阔的江面上。

　　我把母亲的骨灰撒入江水,听见裙裾划过江面的声音,我知道那是母亲背起行囊,告别我们正式起程了,于是轻轻地对她说:"母亲,山高水远,一路走好!"

后记

一

千古江山,虽属无数英雄,但寻常巷陌人家也可在斜阳里谈说兴亡,高吟大江东去。

我希望我平凡的母亲能在绿草苍苍、白雾茫茫之中,带着年轻时的喜悦,在那片斜阳里升起,从长江的源头出发,顺流而下,从人生的终点再回到她人生的起点,回到她穿大红风衣的少女时代,回到她分娩的摇篮。只听见远行的涛声在母亲的高山大川,江河湖海之间激情澎湃。

我真心地祝福母亲,因为对于我们,无论是生还是死,无论是身体还是灵魂,确如放翁所言,"远游无处不销魂"。

二

不知什么原因,母亲远行后,我好像对到过的地方多了一些缱绻和婆婆妈妈。每次出门回家,都会对出行的经过补做些笔记,当然笔记大多潦草,且浮光掠影,犹如蜻蜓点水。

即使这样,几年下来,也有几十万字,其中一些,承蒙国内外好些报刊编辑错爱,前前后后、零零散散发了若干。这次从中挑出一小部分,结集成册,便有了这本书,也是我继《午后衣橱》之后出版的第六本文学专著。

值此书稿付梓之际,衷心感谢为这本书的出版给予大力扶持,以及付出辛勤劳动的厦门大学出版社、厦门枫叶红品牌机构。要特地向著名当代诗人舒婷、著名学者作家林丹娅、著名当代作家须一瓜道一个万福金安,以感谢她们为此书的真诚推荐。

  还有此生缘聚、金刚同修、一路同行的家人、师长、挚友、伙伴、同事、知己；以及在人海茫茫中半途相遇，擦肩而过的所有朋友。无论是过去还是未来，我都深深感谢他们给我生命中带来的那份暖意。

张 宇

2014 年 12 月